DEUX SŒURS

*Les œuvres de Madeleine Chapsal
sont citées en p. 211*

Madeleine Chapsal

Deux sœurs

roman

Fayard

NOTE DE L'AUTEUR

Sans doute l'histoire rapportée ici peut-elle croiser par tel ou tel aspect celle qu'aura endurée telle lectrice ou, s'agissant de frères, tel lecteur. Il ne s'agit pas moins d'une fiction, et toute ressemblance avec des personnes existant ou ayant existé, ou avec des situations réelles, serait purement fortuite.

Couverture Atelier Didier Thimonier
Photo © Plainpicture
ISBN : 978-2-213-61995-8

Pour C. C.

« *Les femelles vivent ensemble leur vie durant.* »

Françoise Dolto
à sa fille Catherine

Les corps des deux femmes flottaient dans l'eau quand les sauveteurs les découvrirent, coincées contre le toit de la petite maison d'un étage. La gigantesque vague qui, en quelques secondes, avait fracassé portes et fenêtres pour s'engouffrer jusqu'aux combles avait dû les surprendre.

Il restait bien un espace d'air entre le niveau de l'eau et la toiture, mais la mer était si froide, en ce jour de février, que les deux femmes, quelque peu âgées, sans doute prises de malaise, n'avaient pu s'échapper par le toit, comme y étaient parvenus d'autres sinistrés. Elles avaient succombé, noyées.

« Mais qu'est-ce que Mammy faisait chez tante Emma ? Je croyais qu'elles ne se voyaient plus ! » s'était exclamée la petite-fille de l'une des mortes, à l'annonce du drame.

1

Depuis des décennies, la famille savait Emma brouillée avec Sara, sa sœur cadette, qui, au moment des héritages, profitant de la confiance de son aînée, l'avait dépouillée sans scrupules. Pour se justifier d'une telle prévarication, la cadette avait accusé sa sœur de vilenies imaginaires.

Au début, ne pouvant croire que sa petite sœur chérie s'était transformée en monstre de malhonnêteté, Emma, surprise puis choquée, avait tenté de récuser pied à pied ses fausses accusations. Mais rien à faire : à chaque protestation, chaque nouvelle tentative de conciliation de sa part, sa sœur, loin de reculer, assenait un grand coup sur la main tendue...

Les années passant sans changements, Emma ne chercha plus qu'à demeurer en paix. Cessant de proposer un accord qu'elle était seule à souhaiter, elle refusa tout nouveau contact avec Sara, sachant qu'il ne pouvait être que stérile autant que pénible. Or Sara continuait de la harceler par lettres et par mails, lui prodiguant calomnies et injures sans autre mobile que manifester à sa sœur une rancune tenace, amère, quoique inexpliquée.

« Mais que lui ai-je fait ? » s'était demandé Emma que ce déchaînement désolait. Désorientée, malheureuse, elle avait fini par consulter des psys. La plupart s'étaient contentés de lui dire : « Votre sœur ne changera pas, elle est bloquée dans sa haine. À vous de vous transformer pour faire en sorte de la supporter ! »

Une psychanalyste de renom, le docteur Germaine Feuillant, s'était montrée tranchante : « Rien, tu ne lui as rien fait, avait-elle conclu après avoir écouté ses dires, parcouru les documents, examiné les tenants et aboutissants du conflit ; c'est ce qu'on appelle la grande jalousie délirante. Elle est originelle, de naissance. Ces gens-là, on ne peut que les fuir, et on le doit... » Une autre fois, elle lui avait même lancé : « Tu n'avais pas besoin de cette sœur-là... » Un sous-entendu qu'Emma ne comprit que plus tard : ces personnes sans foi ni loi peuvent être des criminels en puissance.

Emma s'était sentie quelque peu soulagée de savoir qu'elle n'était pour rien dans ce déchaînement de la part de Sara, lequel s'adressait aussi bien à d'autres membres de la famille ou à des subalternes, quoiqu'elle-même en fût la principale cible. Il ne faisait qu'empirer et, mise au courant, plus méditative qu'à son ordinaire, l'analyste avait soupiré : « Certaines situations familiales, même si elles demeurent secrètes, portent en germe de véritables drames. »

Longtemps Emma ne parvint pas à se résigner. Elle s'était sentie heureuse en famille en dépit du divorce de ses parents. Pensant être aimée des siens comme elle les aimait, elle croyait pouvoir rester lovée dans ce bonheur-là... Or cette entente harmonieuse n'avait peut-être été qu'illusion de sa part. Elle devait la dissiper pour gagner un terrain vraiment sûr : ce qu'on appelle, à défaut de mieux, la vérité.

En s'obstinant, peut-être parviendrait-elle à y entraîner sa sœur égarée dans le mensonge et les coups bas.

2

L es circonstances d'une naissance reposent la plupart du temps sur des affabulations, des racontars pour la plupart invérifiables. C'est en interrogeant les témoins restants, en parcourant des correspondances, en se rappelant certains souvenirs estompés, des moments d'incertitude et de malaise qu'Emma s'empressait d'oublier comme ne collant pas avec l'idée qu'elle s'était faite de son enfance, qu'elle tenta de la reconstituer.

Et c'est ainsi que le beau château de cartes s'écroula en partie !

Première surprise, tant le silence avait été bien gardé : elle apprit qu'elle n'avait pas été un enfant désiré ! Qu'elle avait même échappé de peu à l'avortement, son père n'ayant consenti à épouser sa mère que trois mois avant le terme de la grossesse.

À l'époque de leur rencontre, Marianne Servane, sa mère, marchande d'art, gagnait bien sa vie en travaillant sans répit. De son côté, Edgard, attaché à des bureaux ministériels, bénéficiait de loisirs qu'il occupait à entretenir des liaisons pour lui sans conséquences. Marianne était l'une de ses fugaces aventures et son amant occasionnel aurait probablement souhaité en rester là s'il ne s'était produit ce qu'on appelait alors un « accident » : une grossesse non voulue.

C'est avec réticence – la sienne, et aussi celle de son père, magistrat – qu'Edgard avait consenti aux épousailles. « Il fallait que je répare, il y allait de mon honneur... », confia-t-il sur ses vieux jours à sa fille aînée qui venait de découvrir dans le grenier familial des cartons annonçant brièvement leur mariage, lequel avait eu lieu très peu de temps avant sa propre naissance, survenue trois petits mois seulement après leur union.

Par ailleurs, ce qui est rare, il n'existait aucune photo du mariage de ses parents, sans doute pour que ne s'y révélât pas la rondeur de la mariée au jour de ses noces.

Ce serait donc le hasard de sa conception qui aurait contraint ses géniteurs à un mariage dont ils voulaient si peu qu'elle avait failli ne pas naître ? L'idée commença par la meurtrir. Toutefois, son humiliation fut de courte durée, son tempérament lui faisant toujours chercher le positif, y compris dans les pires circonstances : « Après tout, je suis une enfant de l'amour ! » se réjouit-elle.

D'ailleurs, ses parents ayant passé la trentaine lorsqu'elle naquit, sa venue, quoique non voulue, leur avait procuré une grande joie, même si celle-ci n'était pas complète : l'un comme l'autre auraient préféré un fils – surtout Edgard, le père.

Était-ce dans l'espoir d'enfin mettre au monde un garçon qu'ils jugèrent bon de se reproduire une fois de plus ? Hélas, deux ans plus tard, la naissance d'une seconde fille n'avait fait qu'amplifier une déception qu'Edgard ne cachait plus : jusqu'à la fin de sa vie, il regretta ouvertement de ne pas avoir eu de descendance mâle.

Était-ce cet accueil mitigé, injuste, qui, dès le départ, avait fait germer la haine chez le nouveau bébé ? La petite Sara, intelligente et sensible, s'était-elle sentie refusée, comme si elle avait constitué une erreur ?

Pourtant, les deux petites filles avaient été élevées exactement pareil, bénéficiant des mêmes soins, des mêmes avantages, et le plus souvent habillées à l'identique.

Or ce jumelage, s'il était commode pour les parents, était en soi une faute. Peut-être l'origine des drames futurs.

3

É duquées de la même façon, inscrites au
même cours privé, pratiquant les mêmes
activités – piano, danse, bicyclette, etc. –, les
deux fillettes furent traitées comme si elles
n'étaient qu'une, et on ne les voyait jamais
l'une sans l'autre.

Sur les photos – on en prenait déjà beaucoup : clichés d'amateur, clichés d'art –, Emma
passe un bras sur l'épaule de sa petite sœur
comme pour la protéger. Peut-être aussi pour
se soutenir en s'y appuyant ? se demanda-
t-elle plus tard en les compulsant.

Elle finit par admettre qu'elle avait souffert qu'on ne prît pas en compte leur différence d'âge. Par indifférence aux états d'âme

des enfants – seuls comptaient alors les adultes –, on contraignit l'aînée à vivre au même rythme que sa cadette, la privant ainsi des divertissements et des activités auxquels, vu son avance en âge, elle pouvait avoir accès. Et elle n'avait aucune amie proche, hormis les camarades de classe, sa seule et unique compagnie étant sa petite sœur.

De plus, alors qu'on aurait pu leur accorder à chacune leur espace – la maison était assez vaste –, elles couchèrent, jouèrent, travaillèrent dans la même chambre jusqu'au terme de leur adolescence.

Soudée de force à son aînée, sans autre modèle qu'elle, la petite Sara se mit à imiter ses gestes et à se faire l'écho de ses paroles. «Tu n'es qu'un singe et un perroquet», lui lâchait parfois Emma. Plus tard, elle regretta ses piques : la petite faisait son possible pour grandir et se développer en profitant du chemin que frayait son aînée.

Chacune aurait pu tirer avantage d'une proximité qui aurait duré si ne s'était déclarée, chez Sara, une jalousie allant jusqu'au délire.

Avait-elle un motif ? Contrainte d'admirer son aînée, vivant sous sa coupe, la petite avait dû se sentir infériorisée. Emma, ce qui était normal, était de plus haute taille – elle le resta –, mais, du fait de leurs deux ans d'écart, elle apprit à lire plus tôt, parla mieux, progressa forcément plus vite que sa sœur en tous domaines : sport, arts, plus tard conduite automobile, et, quand l'époque en fut venue, flirts...

Si leurs parents ne semblaient faire aucune différence sur le plan affectif entre leurs filles, il était évident qu'ils communiquaient plus facilement avec l'aînée, s'adressant à elle en priorité pour lui recommander la petite à laquelle ils ne manquaient pas de dire : « Vois ta sœur... Elle est première en classe comme ailleurs... Tâche de l'imiter ! »

De quoi s'exaspérer !

4

Lorsqu'elle eut pris conscience de l'injustice qu'elle infligeait à Sara du seul fait de son existence, Emma tenta de se faire pardonner une supériorité qu'elle ne revendiquait pas. Loin de se glorifier de surpasser sa cadette, l'aînée chercha à compenser, chaque fois qu'elle le pouvait, une inégalité due, cruelle d'abord, à leur rang d'âge. Déjà par des cadeaux, des attentions, puis par une totale indulgence pour les premières scélératesses de sa sœur (ne s'agissait-il pas, au début, d'appels au secours ?).

Mais Sara ne lui pardonna pas pour autant : en plus de la devancer dans le temps, son aînée mettait maintenant un point d'honneur à se montrer supérieure en mansuétude, on pouvait même dire en générosité... Cette sœur insupportable ne finirait-elle donc jamais de la dominer ?

Sa colère couva, s'amplifia, finalement pour éclater sans retenue au grand jour : « Étant donné que tu es l'aînée, tu mourras avant moi ! Où veux-tu que je t'enterre ? » lui écrivit-elle, entre autres aménités.

De se voir autant détestée, et même maudite, Emma n'arrivait pas à en rire, comme le lui conseillaient certains, plus amusés que compatissants : la bisbille entre sœurs, c'est courant, tellement banal ! On s'en moque comme de ceux qu'on appelle les « cocus ». C'est nier une douleur qui peut pourtant se révéler fatale, meurtrière ; il suffit de lire la rubrique des faits divers.

Incomprise dans ses affres, Sara se sentit-elle mieux lorsqu'elle donna enfin cours à son horripilation ? Ce qu'il y a de sûr, c'est que le fait d'avoir été si longtemps jumelées, alors qu'elles étaient si différentes, les avait jetées toutes č ux dans un océan de souffrances solitaires, chacune cherchant à s'en extraire à sa manière, telles des sœurs siamoises qui entreprendraient de se séparer l'une de l'autre au couteau. Sans aide de l'extérieur, tant ce

qui se passe entre sœurs n'intéresse personne,
pas même la loi...

C'était Sara qui avait choisi de manier l'arme
blanche – l'amour transformé en haine –,
Emma se contentant d'éponger le sang...

5

Marianne Servane était née dans le Morbihan, non loin de Pontivy, dans une famille rurale. L'environnement était beau : collines bleutées par la bruyère, genêts flamboyants au printemps, peuple d'oiseaux, de renards, de lièvres, d'animaux de ferme. Sa mère, son père, grands travailleurs, étaient des gens raffinés, comme il arrive chez ceux qui vivent proches de la terre, de ses saisons, de ses émerveillements et du labeur qu'elle exige. Toutefois, le don pour apprécier la beauté qu'avait reçu Marianne semblait mystérieux, inexplicable... Aucun de ses quatre frères et sœurs n'en révélèrent autant. Toute petite, Marianne savait reconnaître l'élégance d'un objet façonné par un artisan, et elle s'ingéniait à améliorer le décor de la maison familiale. Elle avait une façon de modifier l'arrangement des quelques meubles, de les fleurir d'un bouquet champêtre, de mettre en place un édredon, des oreillers, de fabriquer des guirlandes avec des joncs, des brins d'osier, qui subjuguait sa mère. Laquelle la laissait faire à son gré.

Bientôt, l'entourage remarqua les capacités qu'avait l'enfant pour transformer tout ce qui l'entourait. En classe, la maîtresse la laissait fabriquer les décors des petites pièces que jouaient les élèves en fin d'année, et décider de la ligne et des coloris de leurs costumes.

Ç'aurait pu en rester là si la mésentente conjugale de ses parents n'avait fini par contraindre la mère à « monter » à Paris, comme on dit. Il fallait survivre, et si Marianne Servane accepta au début des travaux de service, la toute jeune fille – elle en avait l'apparence : un beau visage encadré d'une superbe chevelure auburn – fut ensuite engagée par un grand magasin pour s'occuper des vitrines. Très vite, sa façon de procéder fut remarquée, déjà par la clientèle qui s'amassait devant ses aménagements, puis par la direction. Elle monta en grade : on lui confia l'ordonnancement non seulement des vitrines, mais de tous les rayons. Le chiffre d'affaires se retrouva en hausse, car l'harmonie touche même ceux qui n'y paraissent pas sensibles, et, dans le commerce, fait office de produit d'appel. On finit par lui demander de participer aux achats, vêtements, linge, bibelots, mobilier... Ce qui lui permit d'acquérir non seulement des connaissances, mais des relations dans les milieux artistiques.

Il ne fallut pas longtemps pour que le propriétaire avisé d'un magasin d'antiquités lui demandât de prendre en charge son établissement, rue des Saints-Pères. En quelques années Marianne Servane en fit le magasin le plus renommé de Paris, qu'achalandaient les plus fins comme les plus riches amateurs de mobilier ancien et d'objets d'art.

Mais elle avait une passion première : la peinture. Elle s'y essaya et, ne s'en jugeant pas capable lorsqu'elle se comparait aux grands maîtres, elle préféra se mettre à leur service et ouvrit en son nom une boutique de marchande de tableaux, rue des Beaux-Arts.

Sa fortune était en bonne voie et, vu sa générosité naturelle, aussi celle de sa famille, qu'elle entretenait en partie.

Marianne avait plus de trente ans et se trouvait en pleine ascension lorsqu'elle rencontra Edgard Villedieu. Quoique amoureux, c'est poussé par les circonstances – une grossesse accidentelle, on l'a dit – qu'il se « résigna » à l'épouser. Reste qu'une fois marié, le couple connut plusieurs années de bonheur qui se révélèrent fécondes. Ils se firent notamment construire un ravissant petit hôtel particulier près du Ranelagh, dans le seizième arrondissement.

C'est là que grandirent Emma et Sara.

Est-ce parce qu'elle y avait secrètement souffert, tout enfant ? Sara prit le lieu en grippe, contrairement à Emma, et, des années plus tard, fit en sorte de le démanteler avant de le vendre à bas prix sans que sa sœur, occupée par ses affaires de cœur et lui faisant confiance, ne songeât à s'y opposer.

En fait, ce n'est que peu à peu, au début par très petites touches, que Sara manifesta ce qui l'animait vraiment : un implacable désir de destruction de tout ce qui lui rappelait sa première vie, fusionnée avec celle de sa sœur.

Ce qui ne l'empêchait pas d'en rester imprégnée, puisque, plus tard, elle devait reconstituer à peu près à l'identique un jumelage avec sa propre fille.

6

On réprimait beaucoup la parole des enfants, avant-guerre. Est-ce ce qui rendit la petite Sara presque inapte à s'exprimer, ou bien, dans un effort maladroit, voulut-elle se distinguer de sa sœur en se créant une image autre que celle de son aînée ? S'affirma bientôt chez elle un trait qui lui faisait dire « non » à tout en dépit des tapes et des punitions ! Sa réaction était de refuser en gros ce qui lui était proposé, demandé ou même suggéré. D'emblée, l'enfant s'opposait, niait, en particulier sa souffrance, et, par voie de conséquence, se rendait impénétrable.

Cette propension à s'affirmer par le « non » grandit avec elle : si on lui disait que le bleu lui allait bien au teint, elle répliquait qu'elle préférait le rouge. Lui offrait-on une distraction, qu'elle la rejetait pour en vouloir une autre. Si on lui rappelait qu'autrefois elle appréciait telle ou telle personne, telle ou telle chose, elle s'empressait encore de le nier. Et, dès qu'elle cessa de faire le singe et le perroquet, Sara s'éleva contre tout ce qui lui venait de sa sœur, aussi bien les invitations que les cadeaux, même si elle en crevait d'envie.

D'une certaine façon, cette attitude de refus généralisé, cette « entrée en résistance » face à son milieu, aurait pu être honorable si s'y étaient associées moins de passion vengeresse et plus de lucidité.

Continuant d'adorer sa petite sœur, Emma se désolait de la voir ainsi se buter, traîner des pieds jusqu'à jouer à tort les inférieures... Était-ce la conséquence de gros chagrins d'enfant sous-estimés par les adultes ? Emma se souvint toujours du désespoir de sa toute petite sœur le jour où elle avait laissé tomber sa poupée de porcelaine sur le carrelage de l'entrée et où celle-ci s'était brisée. Pis encore : de sa douleur quasi maternelle lorsque Sara apprit que son canard apprivoisé, laissé sous mauvaise garde à la campagne, avait été dévoré. Quelle expression de souffrance sur le petit visage qui se fermait sans pleurer !

De ces profondes détresses enfantines, Emma, même quand elles furent adultes, aurait souhaité la consoler. À ses yeux, elles représentaient tout le malheur du monde, lequel, d'être dédaigné par la plupart, comme il en va parfois de la mort d'un animal aimé, reste inconsolable... Et, dans sa tendresse pour elle, il lui arrivait de prêter à sa sœur des sentiments que celle-ci n'éprouvait peut-être pas. Mais un reste de gémellité faisait qu'elle lui imputait les mêmes besoins et désirs que les siens.

Dès qu'elle se fut mise à sortir, elle proposa de l'emmener partout où elle se rendait, dans l'espoir que Sara, avec ses beaux yeux, et d'autant plus appétissante qu'elle était un peu ronde, y rencontrerait « quelqu'un de bien ». Riche, de surcroît... Quelle fierté elle ressentait alors à l'introduire : « Ma petite sœur Sara, qui fait de hautes études... » Ce qui était le cas.

Mais jamais Sara, qui pourtant plaisait, n'accepta de frayer avec aucun des garçons qui lui étaient présentés par sa sœur, comme si quelque chose en elle se raidissait, ne voulait rien, absolument rien lui devoir. Son entêtement, devenu légendaire, la poussait à vouloir montrer de quoi elle était capable en créant sans l'aide de personne son propre univers.

Ce qui eût été parfaitement estimable si sa colère rentrée ne l'avait conduite, année après année, à convoiter et s'approprier ce qui appartenait à sa mère comme à sa sœur.

Se jugeant lésée sur tous les plans, elle ne se sentit même plus concernée par la loi. Comme il en va chez la plupart des délinquants, agresser, mentir ou voler autrui n'était que se rendre à soi-même une justice à laquelle on est convaincu d'avoir droit.

7

Ce qui les sépara vraiment, ce fut leur style de vie, ainsi qu'il advient dans la plupart des fratries dès que l'un ou l'autre de ses membres se marie... Les filles, surtout, changent de milieu, que ce soit pour entamer une ascension sociale, ou le contraire.

À vingt ans, Emma avait eu la chance de rencontrer un garçon de qualité, Jean-Marin, qu'elle décréta être l'« homme de sa vie », un centralien, bientôt ingénieur. Une union qui fit la fierté de son père et de sa mère plus que la sienne, car la jeune femme ne cherchait pas la réussite sociale, mais ce qu'elle n'avait pas vu autour d'elle : le bonheur dans l'amour.

Depuis sa plus tendre enfance, elle en rêvait, de ce fol amour qu'on dépeint dans les contes et les romans : ils se marièrent, eurent beaucoup d'enfants et furent heureux jusqu'à la fin de leurs jours...

Aussi ne se posa-t-elle guère de questions lorsque, au bout de quelques semaines de fréquentation, Jean-Marin la demanda en mariage. Elle répondit oui tout de suite, convaincue d'avoir rencontré ce qu'elle attendait depuis toujours : la passion amoureuse !

Ce fils d'une famille d'industriels du Nord avait tenu son rôle, à la Libération, dans l'armée Leclerc. Intelligent, beau, il se trouvait extrêmement sollicité par les filles de son milieu. Or c'est Emma qu'il choisit sans hésitation. Une préférence aussi immédiate acheva de donner à l'élue le sentiment qu'elle était quelqu'un à part, ce que Jean-Marin ne cessa de lui répéter tout au long de leurs fiançailles. Dans des lettres passionnées, il lui déclarait que son destin consistait à avancer dans la boue en la portant sur ses épaules, tandis qu'elle-même déchiffrait leur chemin dans les étoiles... À sa façon Jean-Marin évoluait lui aussi en plein romanesque !

À tel point que ni l'un ni l'autre ne se soucièrent de ce que leur entourage pouvait penser et ressentir de leur union. Seul comptait le sentiment sans équivalent qui les unissait.

Emma aimait si passionnément Jean-Marin qu'elle ne voyait pas la nécessité de sceller leur entente par des contrats, quels qu'ils fussent. Mais, devant la pression et pour faire plaisir à leurs parents qui les aimaient tant, les jeunes gens cédèrent et acceptèrent de s'unir civilement et religieusement.

Ils obtinrent toutefois que la cérémonie fût réduite aux intimes, ce qui n'empêcha pas la robe offerte et choisie par Marianne d'être splendide. Sa photo parut dans *Vogue*, et longtemps Jean-Marin la conserva, découpée, dans son portefeuille... En matière de représentation, il était plutôt conformiste, contrairement à sa jeune épouse.

Comme photos de mariage, il n'exista donc, dans la famille, que celle de l'union d'Emma avec Jean-Marin. Ni Marianne, trop enceinte, ni Sara, qui ne se maria pas, ne furent en état d'en produire.

Un tel mariage, plus fastueux encore d'avoir été intime, ne pouvait qu'attiser le désir de Sara de parvenir un jour à égaler son aînée et, pourquoi pas, à la surpasser.

8

Même lorsqu'ils eurent divorcé, Emma se remémorait avec émotion des épisodes où Jean-Marin et elle s'imaginaient seuls au monde. Comme dans la chanson d'Édith Piaf – « Ils sont arrivés l'air émerveillé se tenant par la main... » –, elle se revoyait avec lui au bord des falaises d'Étretat, contemplant l'immensité de la mer qui s'ouvrait devant eux à l'instar de leur avenir... Ou nichés dans le même fauteuil, jambes et bras mêlés... Échangeant un baiser sous les yeux du curé qui venait de les marier... Assis côte à côte dans le wagon de bois à ciel ouvert qui les emportait vers quelque sommet d'Amérique du Sud : « Chante-moi quelque chose... » Et

Emma de lui fredonner une berceuse enfantine...

Elle savait – et elle avait raison – que, quoi qu'il puisse arriver, rien ne pourrait les séparer : par on ne sait quelle grâce, ils étaient devenus consubstantiels.

Un tel incendie consume en partie ceux en qui il brûle, mais il dévore aussi l'entourage. Irrités par cet absolutisme, certains de leurs proches tentèrent de s'immiscer entre eux deux. Des femmes et des hommes, mais aussi des membres de la famille qu'agaçait sans doute une union que rien ne devait venir perturber. Même divorcés, Jean-Marin et Emma restèrent proches au point de ne pouvoir appartenir entièrement à quelqu'un d'autre.

Parmi ceux qui, par la suite, courtisèrent Emma, certains s'écartèrent, dépités ou exaspérés : un amour qu'on ne peut égaler ni surpasser finit par rendre jaloux.

Pour ce qui est de sa sœur, Emma n'y songea pas. Elle ne se soucia pas de savoir ce que Sara avait pu ressentir, à la voir abandonner d'un coup toutes ses autres affections – dont celle qui les liait – pour ne plus exister que pour et en fonction de Jean-Marin.

Aussi la chance amoureuse de sa sœur accrut-elle encore la jalousie de Sara, vite délaissée par l'homme qui fut son premier et peut-être son seul amour. Elle s'en voulait tant de ne pas égaler Emma qu'elle se mortifiait, se blessant, se brûlant exprès, comme si elle se sentait coupable de ne pas recevoir ce qui était si naturellement échu à son aînée.

Puis c'est à la personne même de celle-ci qu'elle commença à s'en prendre de ce qu'elle considérait comme une déplorable iniquité.

Elle en voulut aussi à ses parents : comment leur pardonner de ne pas avoir conçu leurs deux filles parfaitement égales en tout ?

Destin compris.

9

Mais ce qu'elle ignorait, tant les sœurs communiquaient mal entre elles, c'était qu'Emma, indépendante de nature, n'avait pas vraiment souhaité cette soumission à la réussite. Sa révolte contre le monde de l'après-guerre qui, à sa déception, avait recouvré ses préjugés, ses conformismes, et jusqu'à ses anciens dirigeants, faisait qu'elle aurait préféré ne pas se conduire « comme les autres », autrement dit ne pas se marier. Également en dissension avec le retour aux maux de l'avant-guerre, Jean-Marin était de son avis ; toutefois, être unis par les liens du mariage présentait l'avantage de les isoler encore plus de leur entourage.

Si Emma n'attachait pas grande importance au fait d'être devenue « Madame », et saluée en tant que telle, elle fut affectée d'apprendre qu'elle ne pourrait pas avoir d'enfant. Elle savait que, tout en lui exprimant de l'affection, c'était ce qu'attendait d'elle, avec impatience, la famille de Jean-Marin.

Quant à son époux, il ne semblait guère pressé d'avoir une descendance ; pour l'heure, être heureux comme ils l'étaient lui suffisait.

Mais rares sont les couples, surtout mariés jeunes, qui se contentent indéfiniment de la compagnie l'un de l'autre. Son manque de descendance finit par affecter Jean-Marin, or Emma, qui se sentait responsable, supportait mal d'être en faute...

10

S ara n'était pas au courant du manque qui allait conduire sa sœur au divorce, et elle bouillait d'une impatience contenue lorsqu'elle découvrait, sur les pianos et les manteaux de cheminée, la somptueuse photo de la mariée ennuagée de tulle blanc. À présent, ç'allait être son tour ! Toute leur enfance, les deux sœurs ayant eu droit aux mêmes avantages, aux mêmes cadeaux, à la même vie, en mal comme en bien, ce parallélisme ne pouvait que continuer. Il le devait !

Repensant ainsi à leurs vies, longtemps si proches, ce qu'Emma n'avait pas su ou pas voulu voir à l'époque lui apparaissait comme évident.

Reste qu'à chaque être son destin, fût-on né au sein d'une famille unie, et, peu à peu, les sœurs dérivèrent chacune de son côté. Mais sans vraiment se séparer – ce qui peut-être eût été préférable pour l'une comme pour l'autre, se disait mélancoliquement Emma.

11

Emma se souvenait aussi d'un événement qui aurait pu résoudre le conflit avant qu'il n'éclate, égalisant d'une façon définitive la grande et la petite. Du moins est-ce ce qu'elle crut à l'époque.

Toutes deux approchaient de la trentaine lorsque Sara, qui ne révélait à peu près rien de ses actes ou de ses sentiments – elle déclara plus tard ne pas se fier aux mots –, avoua à sa sœur, en lui demandant le secret, qu'elle était enceinte.

D'un homme qu'elle avait rencontré sur son lieu de travail.

La future mère paraissait s'en réjouir, quoique les circonstances fussent difficiles et même carrément mauvaises : étant donné les lois en vigueur, le père, pour l'instant marié à une autre, n'aurait pas pu, même s'il l'avait voulu, reconnaître l'enfant à naître.

Emma salua et admira le désir de sa sœur de garder malgré tout cet enfant-là, tandis qu'une pensée la traversait : « Nous allons enfin être départagées ! »

En effet, après de nombreux examens, la jeune femme venait d'avoir confirmation définitive qu'elle ne pourrait pas concevoir, les médecins imputant sa stérilité à une infection précoce, quoique désormais guérie. Sa sœur possédait donc sur elle un avantage évident et même considérable, ce qui apparut à Emma comme une possibilité de se délester de son involontaire culpabilité : elle ne serait plus celle qui réussissait tout mieux que sa cadette !

Émue dans sa tendresse pour elle et aspirant à l'harmonie familiale, la jeune femme ne vit alors que le côté positif de la situation ; pour ce qui est des conséquences qui allaient s'ensuivre et se révéler funestes, elle était bien incapable de les pressentir.

Si Sara était satisfaite d'attendre un enfant qu'elle adora avant même son apparition, elle n'ignorait pas qu'elle allait à l'encontre des préjugés : la petite Renaude allait naître illégitime et, à l'époque, une mère célibataire encourait l'opprobre.

Ce qui n'effrayait pas l'entêtée : « Pas grave, dit-elle à sa sœur en lui annonçant sa grossesse, dès que le divorce de Renaud sera prononcé, il m'épousera et ira se déclarer père de l'enfant. C'est convenu. »

Mais ce geste de réparation n'eut jamais lieu.

Si la naissance de la petite Renaude, mignonne, brune et bien formée, fut une joie sans bornes non seulement pour sa mère, mais aussi pour sa tante et ses grands-parents, tous gens de cœur, le père biologique fit défaut. Une fois séparé de sa première femme, il accepta pour un court laps de temps de vivre avec Sara et le bébé, mais, quelques mois plus tard, pour des raisons mal définies, dont peut-être une mésentente, il abandonna la jeune mère sans avoir rempli sa promesse de l'épouser. Il quitta alors la France et ne donna plus signe de vie.

Mère et fille se retrouvèrent dans cette situation aujourd'hui admise et parfois souhaitée qu'on qualifie de « monoparentale », mais qui, à l'époque, était fort mal considérée.

Se retrouver seule sans l'avoir voulu ni même imaginé plongea Sara dans un abîme de douleur et de déception qu'elle se refusa à laisser paraître, par orgueil mais aussi par méfiance : elle s'était mise à douter de tout le monde, au point de nier à elle-même son malheur. Arrêtée par son impassibilité, Emma ne savait comment lui exprimer sa commisération.

Est-ce pour dissimuler, comme à l'accoutumée, à la fois sa peine et son humiliation ? La jeune femme si cruellement abandonnée prit le parti de s'enfoncer dans le mensonge. C'était son bouclier contre le malheur.

12

Au fil des années suivantes, Sara continua de se murer dans le silence. Elle ne questionnait pas non plus et ne s'enquit jamais des raisons du divorce de sa sœur et de la peine que cette séparation avait forcément causée à celle-ci. Ne s'offrant ni à la plaindre, ni à la consoler, elle se contenta d'être là.

C'était déjà beaucoup. Les deux sœurs passaient ensemble une partie de l'été dans la belle et grande maison bretonne de leur mère. Entre femmes, elles y fêtèrent plusieurs fois Noël, après la naissance de la petite Renaude.

Marianne Servane, qui avait gagné beaucoup d'argent grâce à sa galerie, achevait d'arrondir sa fortune. Douée d'un étonnant sens artistique, elle avait le nez fin pour découvrir et exploiter les talents en puissance. Cet afflux monétaire lui permettait de continuer à embellir ses maisons, en particulier le petit hôtel du Ranelagh où elle accumula les œuvres d'art, dont celles des plus grands sculpteurs, car elle avait la passion des bronzes.

Est-ce parce qu'elle aimait n'en faire qu'à sa tête et supportait mal l'autorité et la contradiction, on appelait parfois « Madame Mère » cette belle femme demeurée seule depuis son divorce.

Prenait-elle des amants de temps à autre ? Peut-être parmi les jeunes peintres que sa réputation d'influente marchande d'art attirait ? En tout cas, ses filles ne la virent jamais avec un compagnon, même provisoire. Ce qui leur donna le sentiment que leur mère ne vivait que pour elles, ses filles, et, vu la loi, que toutes ses possessions leur reviendraient.

D'où leur insouciance vis-à-vis des biens de ce monde, toutes deux s'estimant nanties par mère interposée... Ce qui leur conférait le privilège de ne pas avoir à se préoccuper de l'argent. Chacune en gagnait assez pour ses propres besoins, lesquels n'étaient pas énormes, aucune n'étant non plus dépensière ou gâcheuse.

En fait, fortes de leur jeunesse, elles jouissaient avec une belle énergie de la facilité de la vie de ces années qu'on devait appeler par la suite « les Glorieuses ». Et, prises dans un tourbillon fait de travail et de distractions, si elles eurent conscience de leurs différends, ce ne fut au début qu'à propos de broutilles qu'elles relevaient moitié par taquinerie, moitié pour se singulariser : « Quelle bande d'irréalistes fréquente Emma ! » s'exclamait Sara que les peintres indifféraient. Il est vrai que, dans le milieu des artistes, la plupart du temps seul compte ce qui relève de la création… Et quant à Emma, elle s'étonnait de la propension de sa sœur, qui avait le corps et la santé robustes, à fumer comme un sapeur, à se régaler de plats en sauce, et à ne pas se rationner sur l'alcool…

Mais ce qui les divisait davantage encore, c'était leur attitude face à l'amour. Après son divorce, Emma allait d'aventure en aventure. Non par nymphomanie, mais dans le persistant espoir de rencontrer l'« homme idéal », celui qui accepterait de s'unir à elle sans lui faire reproche de ne pouvoir enfanter. Cela devait bien exister, non ? De brève liaison en brève liaison, elle alla ainsi d'espoirs en déceptions...

Jalousant secrètement les faciles succès masculins de sa sœur, Sara ricanait sous cape et la traitait en secret de gourgandine... Pour ce qui la concernait, après la catastrophe qu'avait représenté le lâchage de Renaud, elle refusait de faire couple avec quelque homme que ce fût. « Je ne veux plus jamais connaître une telle douleur », confia-t-elle un jour à Emma.

Sa fille semblait lui suffire.

Personne ne parut s'étonner de sa solitude, ni même s'en affecter. Surtout pas Marianne : en restant célibataires, ses filles lui paraissaient d'autant mieux disponibles pour se préoccuper d'elle et l'entourer.

Ce dont elle allait avoir tragiquement besoin.

13

Après la fuite de Renaud, accoutumée à dissimuler ses peines, accrues cette fois par l'humiliation, la jeune femme abandonnée s'enfonça dans le mensonge. Afin de protéger sa fille autant qu'elle-même de la médisance, Sara commença par se dire mariée, ce qui était faux, et à nier que le départ de cet homme fût définitif. Elle en vint même à se persuader du prochain retour de celui-ci avec une candeur qui lui restait de son enfance surprotégée. Son « mari », affirmait-elle, était parti travailler à l'étranger, mais allait bientôt revenir vivre avec elle et la petite Renaude. Elle tentait ainsi de rejoindre l'ordre bourgeois hors duquel, à l'époque, point de respectabilité ! Du moins pour les femmes... Et, tout en maudissant secrètement le « traître » – c'en était un –, elle devait également ressentir que sa sœur, alors légitimement mariée à un homme sûr, tenait une fois de plus le « bon bout » ; du moins ce qu'en dépit de son courage et de sa capacité de rébellion Sara devait considérer comme tel.

Ah, si nous avions pu nous parler à cœur ouvert, se disait Emma, ne fût-ce qu'échanger quelques mots vrais, confier l'une à l'autre ce que chacune éprouvait dans son privé – elle-même étant en fait à peine mieux lotie que Sara... –, que de souffrance aurait pu être évitée !

Mais le silence qui régnait entre elles deux était une conséquence de leur éducation jumelée : d'avoir été trop proches, elles avaient pris l'habitude de ne pas communiquer entre elles par la parole, comme si se trouver côte à côte leur suffisait pour se comprendre et pénétrer mutuellement leurs pensées.

Ce qui arrive chez certains couples.

En l'occurrence, l'entente par le mutisme se révéla illusoire : c'est le malentendu, ou plutôt le non entendu qui finit par prendre le dessus et les mena à la discorde.

14

Quoique très entourée, la petite Renaude ne parvint pas à faire de bonnes ni de grandes études. Emma en fut d'autant plus surprise qu'elle-même y avait excellé, de même que Sara, laquelle, franchissant avec facilité toutes les étapes, était rapidement devenue une chercheuse compétente. Emma n'était d'ailleurs pas peu fière de sa sœur et ne manquait pas une occasion de s'en vanter : « Ma sœur Sara, qui est au CNRS... »

Elle-même progressait dans le monde de la peinture, domaine où les femmes étaient rares et difficilement appréciées. Il lui fallut du temps pour acquérir une certaine notoriété. Du temps qu'elle travaillait encore, Marianne Servane l'aidait à sa façon : elle avait toujours deux ou trois toiles de sa fille accrochées dans sa galerie à côté de futurs maîtres, tels Nicolas de Staël et même Picasso qu'elle avait contribué à faire découvrir. Dès que quelqu'un remarquait les toiles d'Emma, la galeriste expliquait qu'elles étaient l'œuvre de sa fille, et elle incitait les gens à lui rendre visite à son atelier. « Ma fille est très douée ; un jour, vous verrez, elle sera célèbre ! C'est le moment d'acheter, si vous le pouvez. » Et elle ajoutait pour ceux qui hésitaient à l'idée de grimper à pied les étages, comme il était courant lorsqu'on allait voir les œuvres d'un peintre : « Et il y a un ascenseur ! »

De cette époque Emma conservait un souvenir heureux et même lumineux. La jeunesse y était pour l'essentiel, mais elle avait aussi le sentiment de vivre entourée d'amour. Elle se sentait totalement aimée, adorée par son époux, Jean-Marin, comme par sa mère, et, croyait-elle, par sa sœur. Pas un instant elle ne pouvait soupçonner que Sara, enfermée dans son laboratoire, couvait en réalité une violente jalousie à son encontre. Elle pensait même que sa sœur, désormais mère, et hautement diplômée, était bien plus avancée qu'elle sur le plan de la réussite. Qu'est-ce qu'une artiste, estimait-elle, à côté d'une scientifique ?

À ceci près que, pour l'une de ces mystérieuses raisons qui font que certains êtres ont du charme et d'autres moins, voire pas du tout, Emma séduisait la plupart des hommes, et aussi les femmes qu'elle rencontrait. Le métier de Jean-Marin, qui avait commencé à se lancer dans la politique et à y réussir, n'y étant pas pour rien, elle avait, à l'époque, une cour d'amis des deux sexes avec lesquels elle sortait et même voyageait. Elle fit ainsi des virées en Italie, en Corse, en Sardaigne, et de longs séjours dans le Midi, à Saint-Tropez, à La Croix-Valmer, au Rayol.

La lumière du Midi est depuis toujours favorable aux peintres, et les tableaux qu'elle peignait sur place ou à son retour à Paris devenaient de plus en plus riches et colorés. Quoique modeste en ce domaine, il lui arrivait de penser : « Mais, après tout, je suis peintre ! » Sous-entendu : à défaut d'autre chose...

Car elle ressentait sa stérilité comme une véritable infirmité. Et elle s'imaginait naïvement qu'à cause de ce handicap on allait l'aimer davantage encore, afin de la consoler... Elle avait tant besoin d'amour, plus même que les gens « normaux », l'aveuglement la conduisant à espérer qu'on lui en accorderait à la mesure de sa peine.

Or, dans nos sociétés encore machistes, c'est le contraire qui a lieu : la femme qui ne peut pas donner d'enfant à son mari ne suscite pas la compassion, mais, au contraire, le rejet. Et c'est bien ce qui arriva : si Jean-Marin ne lui faisait pas ouvertement reproche de sa déception de ne pouvoir être père, il devint triste. Quant à sa belle-famille, elle était ulcérée : alors, quoi, pas de petits-enfants ? Cette soi-disant artiste n'était donc bonne à rien ? On s'en fichait bien, de ses toiles, c'est la descendance qui comptait avant tout...

D'une sensibilité à vif et n'admettant pas d'être prise en tort – autre de ses faiblesses –, Emma finit par ne plus le supporter : un beau jour, puisqu'on considérait qu'elle ne faisait pas l'affaire, dans un accès de dédain et de fierté elle offrit – c'est le mot ! – le divorce à Jean-Marin.

Sans doute espérait-elle qu'il protesterait, refuserait, mais, à son étonnement, aussi à sa déception, il y consentit aussitôt.

Pour aller plus vite, il ne prit pour eux deux qu'un seul avocat, le sien, et en trois mois ils furent divorcés. « Je t'aimerai toujours », lui dit-il en guise de remerciement, sans toutefois lui accorder la moindre pension, puisqu'elle n'en réclamait pas. Ne commençait-elle pas à vendre ses toiles ?

Il lui en acheta une ou deux.

Quant à lui, il projetait déjà de se remarier et d'avoir quantité d'enfants. Ce qui advint.

15

Du jour au lendemain, Emma se retrouva seule dans un appartement loué. Une situation aggravée par le fait qu'elle se sentit exclue du milieu qu'elle croyait être le sien, mais qui était avant tout celui de son époux. Ce qui la laissa sans protection contre ceux qui n'attendaient que de la savoir vulnérable pour passer à l'attaque. Les femmes seules, pas trop mal de leur personne, étaient alors tenues à l'écart : on les considérait comme de potentielles voleuses d'hommes.

« Heureusement, pensa-t-elle, il me reste ma mère et ma sœur ! »

Ce dernier recours allait lui aussi lui manquer : Marianne tomba malade et Sara en profita pour s'arroger le pouvoir.

Seule la peinture et ce qu'elle avait en elle de force animale retinrent Emma de sombrer.

16

En famille, on a beau être très proches, se voir le plus souvent possible, s'aider au besoin, il reste qu'une part énorme de ce qu'on est, de ce qu'on pense et de ce qu'on fait demeure ignorée, chacun désirant conserver le secret sur sa propre vie. C'est d'autant plus facile que les siens ferment les yeux sur toute particularité qui risquerait d'entraîner une séparation.

C'est ainsi que les parents sont souvent les derniers à découvrir que l'un de leurs enfants se drogue, qu'un autre est homosexuel ou sur la voie du suicide...

Quand elle était avec sa mère et sa sœur, Emma dissimulait sa souffrance. Elle faisait en sorte de se montrer souriante, sans souci, et de ne leur rapporter que ses succès dans ses amours comme dans sa peinture et ses projets.

Elle s'efforçait de leur taire à quel point ne pas avoir d'enfant était un état douloureux qui l'entraînait à multiplier les aventures. Car, à chaque nouvelle rencontre, la jeune femme croyait avoir trouvé l'homme qui allait la consoler de sa stérilité et combler son manque par sa présence. Au surplus, si cela se trouvait, il pouvait lui apporter des enfants d'adoption grâce à ceux qu'il aurait eus d'une femme précédente.

Il fallut maints échecs successifs pour qu'Emma admette que les hommes, comme rassurés par sa non-fécondité et son aptitude à l'indépendance – sa « tenue », lui avait dit l'un d'eux –, ne cherchaient auprès d'elle qu'une aventure.

Désemparée par la succession de ses déceptions, Emma n'était ni en état ni en humeur d'opposer la moindre résistance aux agissements de Sara. Ce n'était pas l'argent ni les biens matériels qui pouvaient secourir un désespoir existentiel qui allait s'aggravant.

De son côté, Sara, se remémorait Emma, n'était guère plus heureuse. Elle aussi était sans homme, à cette différence près qu'elle ne tentait pas d'en avoir. Il faut dire qu'entre Renaude et Marianne, elle n'avait pas le temps de ressentir la solitude, même si elle en souffrait, sa fille et sa mère ayant trop besoin de sa présence et de ses soins.

Et si Emma pouvait se croire inutile, Sara, elle, au contraire, se sentait extrêmement nécessaire. Toutefois, elle ne disposait d'aucun soutien masculin. Ne repoussait-elle pas, s'il s'en présentait, la moindre sollicitation amoureuse ?

Ces cœurs solitaires auraient pu s'épancher l'un auprès de l'autre s'il n'y avait eu empêchement.

Du côté de Sara, assister au défilé des amants de sa sœur ne faisait que nourrir sa jalousie, Emma n'hésitant pas à emmener et « exhiber » une nouvelle conquête chez sa sœur et sa mère ; cette introduction dans le sein de sa famille, croyait-elle, ne pouvant que lui attacher son nouveau compagnon en lui faisant comprendre qu'elle aussi désirait un foyer.

Ce fut parfois le cas, mais jamais sur la durée. Les uns étaient volages et reprenaient leur liberté ; d'autres, mariés, se montraient peu enclins au divorce ; certains encore étaient bien trop jeunes. Quoi qu'il en fût, tous disparurent...

À leur manière, les deux sœurs cheminaient côte à côte sur la voie amère, mal vue et même décriée des femmes seules.

Sans demeurer inactives, bien au contraire : Emma continuait de peindre et se faisait connaître, tandis que Sara, dès qu'elle sortait de son laboratoire, faisait ses comptes comme elle allait bientôt faire ceux de leur mère.

17

Quand le téléphone sonna, Emma ne se douta pas que sa vie allait prendre subitement un autre tour. Sur l'instant, elle ne pensa qu'à sa mère qui venait, lui dit-on, d'avoir une attaque. Marianne était tombée comme morte dans sa galerie et se trouvait à l'hôpital le plus proche où les secours l'avaient transportée.

Après de douloureux examens et des traitements à l'époque sans grande efficacité, Marianne, qui avait une bonne constitution, se remit. Du moins partiellement : son cerveau était atteint, et elle n'était plus en état de travailler ni de vivre seule.

Depuis son accident vasculaire, la pauvre femme perdait peu à peu la mémoire. « Je peux me retirer dans une maison », offrit-elle avec son élégance ordinaire.

C'est alors que Sara intervint ; d'un ton à la fois définitif et bougon, elle lança : « Non, tu vas venir vivre chez moi. Il y a de la place... » Leur mère vivrait chez elle en compagnie de Renaude, laquelle, dit-elle, en serait ravie, car elle adorait sa grand-mère. Quand la petite serait en classe, Marianne se trouverait surveillée par la femme de ménage qui, désormais, viendrait tous les jours.

Marianne n'émit aucune protestation. Mais Emma commença par s'inquiéter pour sa sœur : « Cela ne te dérange pas ? C'est lourd, une personne qui demande autant de soins et d'attention qu'il va en falloir à Maman... »

Sara haussa les épaules et sourit ironiquement : « Tu veux t'en charger ? »

Emma convint qu'elle ne le souhaitait pas et elle se rappelait toujours son soulagement à l'idée de cet arrangement. Si elle trouvait parfaitement déplaisant que sa mère, dont la robustesse n'avait pas fléchi – seule sa tête était atteinte –, pût se retrouver du jour au lendemain parmi les « vieux », l'idée de la prendre chez elle lui paraissait irréalisable, vu son métier qui l'empêchait de mener la vie régulière qu'impliquait une telle responsabilité.

Non, en dépit de l'amour qu'elle portait à sa mère, elle ne se sentait pas capable de l'avoir à charge : déjà, elle ne pourrait pas être assez présente, car il lui arrivait de passer des journées entières dans son atelier, loin de chez elle. Puis elle voyageait pour des expositions, aussi pour varier les motifs et les lumières, comme l'exigeait son art. Pis : elle craignait de se sentir démunie face à la maladie. Dans le cas de Marianne, la dégradation irait s'aggravant, avaient prévenu les médecins.

En réponse à la perplexité de sa sœur, Sara avait souri avec une nuance de dédain : aguerrie par son métier de physicienne, elle se sentait assez forte pour faire face aux problèmes et obstacles que devait engendrer la maladie.

Plus impératif : Emma, tout au fond d'elle-même, espérait encore rencontrer un compagnon. Un homme assez aimant pour être heureux de partager sa vie. Cela existait, il y avait des couples durables, elle-même en connaissait. Pourquoi pas elle ? Elle se sentait pleine d'amour, capable d'en donner non seulement à un homme mais aussi, s'il en avait déjà, à ses enfants...

« Toi, tu es un être maternel, même si tu n'as pas d'enfant... », lui avait dit Germaine Feuillant, la « psy ».

Avec Marianne à charge, elle aurait dû renoncer à ses besoins comme à ses attentes, en somme à elle-même. D'où sa reconnaissance à Sara, laquelle, en prenant leur mère chez elle, sans hésitation et même avec une joie évidente, lui ôtait d'un coup tout scrupule.

« Comment aurais-je pu deviner, pensa Emma par la suite, qu'elle venait, grâce à cette prise en charge, de s'octroyer un puissant moyen d'arriver à ses fins : me dépouiller ? »

À vrai dire, Sara n'envisagea peut-être pas sur-le-champ les conséquences d'un geste qui parut n'être que de tendresse et de générosité.

La conscience du pouvoir qu'elle en tirait sur une femme qui perdait le sien ne lui vint qu'avec le temps. Elle allait en user et abuser pendant les vingt ans que dura la fin de vie de Marianne. Mais aussi après.

18

Pour compenser ce qui pouvait apparaître comme une démission, Emma prit l'habitude de se rendre chez sa sœur afin d'y voir sa mère le plus souvent possible.

La femme de ménage venait lui ouvrir - elle aurait préféré avoir une clé, mais elle ne songea pas à en demander une que sa sœur ne lui proposa pas.

Sur l'instant, elle ne se rendit pas compte qu'en fait Sara refusait de partager avec elle le pouvoir qu'elle exerçait désormais sur leur mère.

Un état d'esprit qui allait la conduire à des conduites pour sa sœur inimaginables.

Il en est ainsi dans bien des familles. Que de fois on entend dire : « Ce n'est pas possible, je le (ou la) connais, il (ou elle) n'a pas pu faire ça ! »

Mais si...

19

Tant que Marianne put encore se déplacer seule, elle aimait à se rendre à pied chez un grand pâtissier de la place Victor-Hugo, où elle donnait rendez-vous à des amies de son âge pour y savourer sa gâterie favorite : un café liégeois.

N'exerçant plus d'activité professionnelle, ne voulant plus entendre parler du commerce des objets d'art, elle ne désirait qu'une chose : s'abandonner à ce qui lui était agréable en compagnie de personnes dans la même disposition d'esprit... Faire et se faire plaisir ! Ainsi proposait-elle fréquemment à Emma de l'emmener déjeuner dans un bon restaurant, comme de s'acheter ce qui lui agréerait, en particulier des vêtements. Elle-même demeurait fort élégante et n'hésitait pas à se promener dans la rue en manteau de vison, avec collier de perles et diamant.

Quand il arrivait à Emma de l'apercevoir de loin, il lui venait un sourire de tendresse et d'admiration : Marianne tranchait sur les autres passants par sa classe et son élégance. Elle avait l'air d'une grande dame – ce qu'elle était.

Mais sa maladie progressait et il fallut prendre des mesures. Sara s'y jeta avec détermination : elle fit changer la cuisinière à gaz, dont Marianne oubliait de fermer les brûleurs, contre une électrique. Puis elle lui retira son chéquier et les clés de la maison, qu'elle égarait. Et, après que Marianne se fut une ou deux fois perdue dans leur quartier, n'arrivant pas à décliner son adresse à ceux qui tentaient de lui venir en aide, elle prit le parti, si elle-même sortait, de l'enfermer dans l'appartement.

Ces précautions étaient indispensables, mais ce qui heurtait Emma, c'est que Sara, lorsqu'elle intimait à leur mère une décision ou un ordre, s'adressait à elle sur un ton particulièrement brutal. Pour se faire comprendre et obéir ?

À ce moment-là, les yeux de Marianne s'ouvraient plus grands, et elle s'éloignait à pas menus, sans dire mot, comme terrorisée.

L'était-elle vraiment, ou ne cherchait-elle qu'à échapper à l'« engueulade » ? Par pudeur, et sachant qu'elle-même était impuissante à rien y changer, Emma ne lui posait aucune question sur ce qu'elle ressentait de la situation.

En fait, elle aussi s'inclinait devant le pouvoir : Marianne vivait chez Sara, laquelle s'occupait quotidiennement de ses besoins, faisant appel quand bon lui semblait aux soignants auxquels la malade avait droit gratuitement : infirmières, kinés. De plus, elle était seule à faire les comptes.

Emma ne tenait guère les siens, se contentant de veiller à avoir de quoi régler ses factures et payer ses impôts. Aussi, vérifier les chiffres que Sara lui mettait parfois sous les yeux n'était-il pas dans ses capacités ni ses moyens.

Ni dans ses goûts : il lui semblait qu'elle aurait commis une indélicatesse vis-à-vis de sa sœur en lui manifestant ce qui aurait pu apparaître comme un manque de confiance. Pour les mêmes motifs, elle ne revoyait jamais les comptes de sa femme de ménage :

si on se méfie de ses proches et de ceux qui nous servent, autant s'en séparer.

Emma ne se sépara pas de Sara et ne s'en éloigna pas non plus.

Aurait-elle pu ? Sara s'était instituée gardienne de Marianne dont la dépendance s'accentuait. Ne s'opposant à rien, Emma ne percevait pas qu'elle en arriverait à ne plus pouvoir approcher sa mère qu'à travers sa sœur, et avec son approbation.

20

Tant que Marianne Servane resta suffisamment valide pour sortir de l'appartement, Emma venait souvent la chercher l'après-midi pour l'emmener jusqu'au jardin public avoisinant, ou – ce que sa mère préférait – chez le pâtissier. Marianne dégustait avec gourmandise éclairs et cafés liégeois tandis qu'Emma la contemplait. Était-ce l'oubli des soucis que provoque peu à peu la perte de la mémoire, mais le visage de sa mère, comme lissé, prenait une beauté et parfois une majesté qui la touchaient. La vieille dame semblait apaisée, et quand elle posait les yeux sur sa fille, elle souriait avec contentement comme si le monde, dont elle était en partie délivrée, n'était plus que gentillesse et amour.

Alors qu'il était en train de basculer dans son contraire.

Le soir, Emma s'invitait souvent à dîner chez sa sœur, laquelle ne refusait jamais. Elle apportait alors des friandises, du saumon fumé, des fleurs, et toutes les trois s'attablaient dans la vaste cuisine. Emma parlait, racontant des anecdotes sur le milieu dans lequel elle évoluait, les gens connus qu'elle avait la chance de rencontrer, les succès qu'elle avait obtenus en vendant plusieurs toiles. Elle apporta des tableaux chez sa sœur et Marianne, qui avait gardé son coup d'œil, les contempla avec joie et lui en fit compliment. Sara, elle, ne dit rien.

Une certaine angoisse pesait sur ces réunions en dépit du fait qu'Emma se forçait à n'évoquer que des nouvelles amusantes et agréables. Il y en avait ! Ou alors piquantes, à propos de relations ou d'autres membres de la famille, car rien ne fait plus de bien que de critiquer des gens connus.

Quand Sara prenait la parole, c'était tout le contraire : son ton était agressif, accusateur. Elle commençait par reprocher au corps médical d'être parfaitement incompétent face à l'état de leur mère, et de mal s'en occuper. Puis elle envisageait d'essayer de nouveaux traitements, lesquels allaient coûter les yeux de la tête : Emma était-elle d'accord ? Certes, opinait Emma, il fallait tout faire, tout tenter... À ce propos, poursuivait Sara avec la sévérité de ceux qui estiment être les seuls à camper dans la réalité, il allait falloir acheter une chaise de repos, un téléviseur plus large, un matelas plus adapté, des radiateurs électriques pour servir d'appoint à un chauffage d'immeuble un peu faible...

Des dépenses, bien sûr.

Au début, Sara sollicitait l'acceptation d'Emma qui disposait avec elle du compte en banque de leur mère. Mais elle préparait le terrain en vue de se faire adjuger à elle seule la signature et de pouvoir ainsi disposer des avoirs de Marianne.

Sans plus en référer à sa sœur.

21

Un premier mauvais coup fut la vente de l'hôtel du Ranelagh, voulue et organisée par Sara.

Emma ne comprit que peu à peu à quel point l'œuvre de destruction entreprise par sa sœur se révélait systématique, et elle se demanda ce qui avait pu l'y pousser avec autant d'acharnement. Haine d'une enfance où elle s'était sentie remisée comme étant « la plus petite » ? Fureur contre l'homme qui l'avait plaquée après l'avoir engrossée ? Désir de s'en venger contre les personnes qu'elle avait sous la main, à savoir sa mère et sa sœur, les deux femmes étant d'autant plus vulnérables que, pour leur compte, elles demeuraient attachées à un passé que leur présent ne compensait pas ?

Plus tard, Emma demanda à un psy : « Pourquoi est-ce toujours l'agneau qu'on tue ? – Parce qu'il ne se défend pas, pardi ! » Marianne et Emma se défendaient d'autant moins qu'elles aimaient Sara et ne pouvaient imaginer que celle-ci pût secrètement jouir de leur détresse actuelle.

C'est par à-coups que s'accomplit l'écorniflage, jusqu'au pillage final. En premier lieu, donc, par la mise en vente de la maison qui était l'œuvre chérie de leur mère. Depuis son divorce, Marianne Servane, demeurée seule, s'était consacrée à meubler et décorer son petit hôtel particulier. Avec quelle fierté elle le faisait admirer à ses amis et aux éventuels visiteurs ! Il y avait de quoi pousser des cris d'étonnement. Le modernisme de sa propriétaire se manifestait dans les moindres détails d'un ameublement conçu dans les années trente avec l'aide des plus grands décorateurs de l'époque : Frank, Ruhlmann, Chanaux. Boiseries en bois clair rehaussé d'or, cloisons paillées, divans recouverts de cuir pâle dans le grand salon, de satin bleu tendre dans le petit, paravent gainé de parchemin, de même que le piano. Des glaces couvraient entièrement certains panneaux muraux, les meubles qui n'étaient pas gainés étaient de bois précieux : palissandre, ébène... Une mosaïque à petits carreaux noirs et blancs recouvrait le sol de l'entrée, partout ailleurs courait une épaisse moquette de laine dans les tons de l'époque : gris, beige et blanc. Les rideaux, en lourd satin blanc, tombaient du plafond aux tapis.

Quant aux œuvres d'art, elles comportaient des tableaux des peintres de l'époque : Picabia, Dufy, Delaunay, et des bronzes des plus grands maîtres, Rodin et Maillol.

Les quelques vases – on ne surchargeait pas de bibelots un décor aussi épuré – étaient signés Lalique ou Daum, les couverts venaient de chez Puiforcat, les verres de Baccarat, la porcelaine de Limoges...

Cet écrin était digne de sa propriétaire ; toutefois, il n'avait pas suffi à rendre heureuses deux petites filles privées de leur père. D'où la vengeance tardive de Sara : mettre la maison en vente. Pour y parvenir, après quelque résistance, elle obtint la signature de Marianne alors qu'Emma, elle, demeurait passive. Elle s'en voulait trop de ne pas réussir sa vie de femme, du moins telle qu'elle la concevait, avec mari et enfants. Sa faiblesse face à la volonté de sa sœur n'était qu'un échec de plus : à quoi bon se battre pour une maison quand on n'est pas soi-même capable de fonder un foyer ?

D'autant plus que les arguments de Sara, laquelle ne laissait rien soupçonner de sa propre souffrance, paraissaient de bon sens : inhabitée, la maison, trop moderne, se dégradait ; par ailleurs, il faudrait de l'argent pour entretenir leur mère qui n'avait qu'une bien médiocre retraite. (Ce n'est que plus tard qu'Emma découvrit qu'en fait sa mère disposait de fonds importants placés en banque.) Louer ? Oui, peut-être, mais que de tracas, et qui s'en occuperait ?

La vente se fit à vil prix, presque au premier venu. Quant aux meubles envoyés en salle des ventes, ce fut un désastre : ils furent bradés par des commissaires-priseurs sans scrupules qui avaient flairé l'aubaine. Vu l'inexpérience des propriétaires, ils en avaient profité pour avantager des marchands avec lesquels ils étaient de mèche.

Emma se souvenait avec amertume de la phrase ironique qui lui fut alors lancée : « Votre piano blanc, celui qu'on vous a acheté trois sous, eh bien, il s'est retrouvé la semaine suivante à vingt fois le prix chez un antiquaire de la rue de Miromesnil ! »

Mortifiée – on s'en veut toujours de s'être laissé voler –, elle ne chercha pas à vérifier. Certes, elle n'était pas éduquée pour faire face à des professionnels aussi armés que ceux de la salle Drouot, mais elle aurait dû se renseigner, et surtout dire « non » à sa sœur. Pour leur double profit. Rien que le terrain sur lequel était construit l'hôtel particulier allait par la suite prendre une énorme valeur. Et plus encore le mobilier entièrement Art déco.

Mais le plus douloureux était la souffrance de Marianne à l'idée d'avoir perdu sa maison. Bien après qu'elle eut cessé de lui appartenir, elle continuait à demander qu'on l'y conduisît : la pauvre femme voulait rentrer « chez elle » alors qu'il n'y avait plus de chez-elle ; elle vivait désormais chez sa fille cadette et ne pourrait plus en ressortir.

C'était un abri, certes, mais aussi un piège.

22

Après la vente de l'immeuble du Ranelagh et du plus gros de son mobilier – celui que les commissaires-priseurs avaient acquis pour quelques sous et revendu à leur profit –, il restait encore pas mal de petits meubles, de vaisselle, d'œuvres d'art, de tableaux et bronzes. Sara, dont l'appartement s'était retrouvé bondé, en avait fait livrer une partie chez sa sœur.

Encore sous le choc d'une rupture amoureuse – celle-ci particulièrement meurtrière – et en traitement chez le psy, Emma, qui tentait de recouvrer son équilibre – déjà physiquement, car longtemps il lui arriva de vaciller dans la rue –, ne s'en souciait guère. Ce qui fait que lorsque Sara lui déclara que leur mère, cantonnée dans sa chambre, et nostalgique à l'idée de ne plus retrouver sa belle maison vendue, désirait autant que possible reconstituer son cadre et, pour cela, récupérer ce qui se trouvait chez Emma, celle-ci n'hésita pas : si cela pouvait faire plaisir à Marianne ! Quand on souffre d'amour perdu, on se moque bien de ces « brimborions » qui, en aucune façon, ne peuvent consoler...

Aussi ramena-t-elle aussitôt chez sa sœur cadette la plupart des objets d'art, dont un bronze d'une valeur considérable. Pour le reste – argenterie, pièces d'or, boîtes en vermeil, bijoux –, les deux sœurs se rendirent en commun les mettre à l'abri dans le coffre d'une banque où elles ouvrirent un compte joint.

Si elles durent déposer leurs deux signatures, il n'y avait qu'une clé. « Prends-la, toi », dit Emma à Sara qui ne se fit pas prier pour l'enfourner dans son sac.

Une erreur de plus !

Mais, abandonnée, trahie, ayant du mal à vivre, Emma avait besoin de faire confiance à ceux qui lui restaient. Ce qui faisait d'elle une proie facile, et Sara se serait trouvée idiote de ne point en profiter.

En fait, il n'y avait que son chien pour se révéler totalement fidèle à Emma. Elle s'en doutait un peu et se disait : « Si je le perds aussi, je mourrai... »

Elle ne voyait pas plus loin, à l'époque.

23

En approchant de ses vingt ans, la petite Renaude avait tenté de faire montre d'esprit de liberté. À sa demande, sa mère lui loua un studio dans un quartier distant du sien. La jeune fille était de bonne volonté, courageuse, mais dépourvue d'ambition ; en fait, elle ne se sentait aucune disposition pour quoi que ce soit.

« Qu'as-tu envie de faire ? » lui demandait parfois Emma, et la réponse était toujours la même : « Peut-être avoir des enfants... »

Était-ce l'exemple de sa mère, mais Renaude exprimait ce désir sans parler d'un père éventuel, encore moins souhaiter l'amour. Ce qui sidérait Emma, laquelle n'imaginait pas de fonder un foyer sans un homme passionnément aimé. D'où son refus de l'adoption en tant que femme seule.

Mais, comme elle chérissait sa nièce, la seule enfant de sa lignée, elle se faisait un devoir et aussi une joie de l'accompagner sur son chemin, même si elle n'entrait pas toujours dans ses motivations. Toutefois, elle comprit avant Sara que la jeune fille n'était pas armée pour vivre seule dans un studio, fût-il confortable. En peu de temps, la petite commença à déprimer, puis revint presque tous les soirs coucher chez sa mère, et même dans son lit comme autrefois.

C'était tout dire, et Sara dénonça le bail du studio. D'autant plus facilement qu'elle avait trouvé entre sa mère et sa fille un équilibre qui semblait la satisfaire. Au fond, elle aurait pu vivre indéfiniment en trio, le dirigeant, et c'est l'époque où elle se montra la plus affectueuse vis-à-vis d'Emma lorsque celle-ci lui rendait visite.

Jusqu'au jour où Renaude, qui fréquentait une faculté, histoire de s'occuper, y fit la connaissance d'un jeune homme de son âge, beaucoup plus assidu qu'elle aux études et qui la demanda en mariage.

Il n'était pas encore dans les mœurs que les jeunes gens d'un certain milieu pratiquent l'union libre : pour vivre ensemble, il leur fallait passer devant le maire et le curé.

Sara était partagée : d'un côté, elle appréhendait de « perdre » sa fille ; de l'autre, elle était soulagée que la petite échappe à ce qui avait été son propre sort : Renaude allait rentrer dans le rang et porter, ce qu'elle-même n'avait pas acquis, le nom d'un homme.

Le mariage fut organisé avec soin et fla-fla, tout le monde sur son trente et un et frais partagés entre les deux familles.

Gérard Gagnère, lui aussi enfant unique, avait un autre point commun avec Renaude : il n'avait pas vraiment connu son père, lequel les avait quittés très tôt, sa mère et lui. Fonctionnaire à la retraite, plutôt de droite, que pensait sa mère de son union avec ce qu'on appelait à l'époque une « bâtarde » ? Tout ce qu'on constata, c'est que belle-fille et belle-mère ne s'entendaient guère.

Emma, quant à elle, s'aperçut vite qu'elle communiquait mal avec les jeunes époux qu'elle sentait réticents à son endroit. Sans qu'ils l'exprimassent, ils devaient la trouver trop libre de propos comme dans sa façon de vivre, et déplorer sa fréquentation des milieux artistiques... Comme on dit, ils ne « partageaient pas les mêmes valeurs ».

Ce qui fait qu'en leur présence elle se tenait un peu sur ses gardes, refrénant sa franchise, sa spontanéité. Étonnée d'avoir à le faire, car elle imaginait plutôt la jeune génération aller de l'avant ; or c'était le contraire : le jeune couple se montrait quelque peu rétrograde, en somme plus vieux qu'elle...

Toutefois, elle souhaitait leur bonheur, lequel passait pour eux par l'installation. C'est pour cela qu'elle ne protesta pas quand Sara lui annonça qu'elle avait prélevé une grosse somme sur la vente de l'hôtel du Ranelagh pour leur acheter une maison avec jardinet dans une résidence située en banlieue. Ils rembourseraient plus tard.

Ce qui n'eut jamais lieu : « Une grand-mère, décréta autoritairement Sara, a bien le droit de faire un cadeau à sa petite-fille ! » Ce qui, légalement, était faux. Des petits présents, certes, mais pas une somme de cette ampleur, laquelle, au moment de l'héritage, aurait dû être rapportée aux biens donnant lieu à partage. Et c'est ainsi qu'Emma commença à se laisser dépouiller.

Quand il lui arrivait de s'en plaindre, « C'est de ta faute ! » lui répétait-on ironiquement. Au fond, elle savait d'où lui venait son renoncement : elle se punissait inconsciemment, avec la complicité de sa sœur, de ne pas avoir eu d'enfant, et alors elle lâchait prise.

Ni le pavillon dans lequel le jeune couple s'installa en raflant du mobilier chez Marianne – mais là, pourquoi pas ? – ni le conformisme de cette banlieue ne pouvaient plaire à Emma, laquelle n'aimait que les grands espaces et les endroits sauvages. Toutefois, elle avait assez de largeur d'esprit pour se dire qu'à chacun ses goûts et sa conception du bonheur.

Quand elle apprit que la toute jeune Renaude était enceinte, elle se réjouit sans réserve. L'annonce de l'arrivée d'un bébé dans une famille est avant tout et quoi qu'il en soit du bonheur.

Ce le fut. Mais Emma s'en trouva vite exclue.

24

Auparavant, un événement crucial était survenu dans la vie d'Emma : la rencontre passionnelle qu'elle attendait sans doute depuis son divorce. Plus jeune qu'elle, Bernard était célibataire et peu à l'aise chez les siens, quoique enfant unique, il se sentait sans famille. Perçut-il chez Emma une capacité d'amour maternel inemployée ? Il fit tout pour la séduire, on pourrait dire la capturer.

Emma ne résista guère : elle était dans l'émerveillement de croire enfin pouvoir suffire à un homme, lequel fit en sorte de la convaincre qu'il l'aimait à cœur et corps perdus.

« Tu ne seras plus jamais seule ! » lui jura-t-il en l'enjoignant d'emménager chez lui.

En dépit de ses précédentes déceptions, Emma crut sur parole cet homme qui disait manquer d'amour autant qu'elle. Une assurance qui lui permit de vivre quelques années d'enchantement : elle s'y abandonna tout son saoul. Il n'y avait plus qu'eux deux au monde – comme avec Jean-Marin au début de leur mariage...

En dépit de leurs premières réticences, tous ceux qui les approchaient finissaient par l'admettre : ces deux-là avaient eu la chance de se rencontrer, c'était du solide, ils ne se quitteraient plus !

Le charme – c'en était un – se rompit en une minute. Depuis peu, Emma trouvait son amant comme vidé, sans enthousiasme, en somme déprimé.

« Qu'as-tu ? lui demanda-t-elle un soir. Un souci, un problème ? Un manque ? »

C'est alors qu'il lui déclara d'un air contrit qu'il désirait avoir des enfants. C'était la seule chose qu'Emma ne pouvait lui donner. Et bien qu'il commençât par le nier, elle comprit sur-le-champ qu'il avait rencontré une autre femme.

Désemparée, trahie, humiliée – on lui jetait une fois de plus sa stérilité à la figure –, désespérée de se voir retirer ce qu'elle avait enfin cru construire, une vie à deux, Emma pensa mourir. Elle le tenta pour se retrouver en réanimation dans un hôpital.

Le traître en profita pour disparaître, en lui abandonnant son chien Bobby, la laissant seule entre sa mère malade et sa sœur aux aguets. Mais celle-ci ne chercha pas à consoler Emma, ni à la chérir, ni à la soigner, mais à parachever le naufrage.

Sara, qui jusqu'alors ne parlait presque pas, prit enfin la parole. À la fois oralement et par écrit, avec des mots tranchants, elle entreprit de tout reprocher à Emma, laquelle, sidérée, ne trouvait pas en elle la force de protester ni de se défendre.

Elle laissa sa sœur l'accuser de s'être amourachée d'un homme plus jeune qu'elle. Pis encore à ses yeux : de n'avoir tenu aucun compte de l'argent engagé.

Les deux étaient vrais : Emma avait mis le peu qu'elle possédait à la disposition de son amant et de la construction de ce qui devait être « leur » maison – qu'il fallut vendre avant même de l'avoir occupée.

Le capotage était intégral !

Confortée par les faits, jugeant sa sœur incapable de mener ses affaires, Sara chercha même un instant à la faire interner. Les médecins s'y étant formellement opposés, elle y renonça pour s'arroger le droit de disposer à son gré des biens et de la signature de leur mère.

Pour elle, la revanche était enfin à portée de main : cette sœur aînée si longtemps victorieuse en tout était devenue une moins que rien ! Ce retournement du sort, Sara aurait été bien bête de ne pas en profiter...

25

Pour la libérer, l'hôpital exigea d'Emma qu'elle consultât un psychiatre. Trois fois par semaine, elle s'y rendait à pied en compagnie de l'excellent marcheur et même coureur qu'était Bobby, devenu son chien, et, sur le chemin assez long qui y conduisait, elle se remit peu à peu à redécouvrir l'environnement où elle évoluait. Cela commença par les brins d'herbe pointant entre les grilles rondes entourant le pied des arbres. Était-ce leur obstination à croître dans un lieu ne s'y prêtant guère qui l'émouvait, la ramenant à elle : ne tentait-elle pas, comme eux, de subsister dans un entourage hostile ?

Jour après jour, elle reprit aussi conscience des arbres, ces vivants, et des autres chiens rencontrés, vivement aidée en cela par le sien ! Considérer les passants ne lui revint que plus lentement : les humains, quels qu'ils fussent, lui faisaient peur. Elle avançait d'ailleurs vite, les contournant comme pour les éviter. Quant aux boutiques, quand elle commença à s'intéresser à leurs vitrines, ce fut le signe qu'elle rentrait dans le monde dit normal.

Son psy ne s'en étonna pas. « Vous avez de la force, lui avait-il dit dès leur premier rendez-vous, une force d'amour, et c'est elle qui vous soutient. »

Mais qui en voulait, de son amour ?

Pas Sara, en tout cas.

26

Quand elle s'en sentait l'élan, Emma allait dîner chez sa sœur, chez qui elle pouvait se rendre à pied tout en promenant Bobby, lequel n'aimait rien tant que respirer les odeurs de trottoir.

Eût-elle été en état de s'interroger sur elle-même, elle se serait probablement comparée à un navire démantelé : du fait de la tempête, elle n'avait plus de gréement, à peine un gouvernail... Ce qui la soutenait encore à l'époque, c'étaient les visites hebdomadaires que l'hôpital lui avait imposées chez le psy, et le fait qu'elle avait repris la peinture. Toutefois, pas plus de deux heures par jour, car rester debout devant un chevalet l'épuisait.

Le soir, elle se trouvait complètement soli-
taire – où étaient passés les amis ? Il eût fallu
qu'ils lui fassent signe, insistent pour la voir,
elle-même se sentant incapable d'en prendre
l'initiative.

En revanche, se rendre chez sa sœur pour
y dîner avec leur mère, parfois aussi avec
Renaude, en sachant qu'aucun sujet d'importance ne serait abordé, c'était comme aller
manger à la cantine : elle y puisait un certain
réconfort.

Parfois, il faisait encore jour quand Emma
reprenait le chemin de chez elle en espérant
arriver à y dormir sans cauchemars.

Des années plus tard, elle se demanda
comment sa sœur, qui avait subi comme elle
un abandon amoureux, avait pu se montrer
aussi indifférente au sien.

Jouissait-elle secrètement de voir sa sœur,
jusque-là triomphante, réduite à presque
rien ? Emma ne pouvait le croire : enfants,
elles s'étaient tant aimées !

27

Afin d'éliminer sans états d'âme des populations entières, on commence par les priver de leur statut d'êtres humains jusqu'à les déclarer « enragées », comme pour les chiens qu'on veut abattre. Les chefs nazis enseignaient à leurs troupes que ceux qu'on leur ordonnait de supprimer n'étaient pas des humains, mais des « poux ». En les massacrant, femmes et enfants compris, ces bons exécutants pensaient rendre service à la terre entière, en contribuant à l'assainir. Le fait est que la déchéance programmée des victimes parquées, dépenaillées, sales, affaiblies, affamées, achevait de convaincre les plus sceptiques : ces déchets ne faisaient à l'évidence pas partie de l'espèce humaine, ils étaient l'image même du « mauvais ».

Emma non plus n'avait plus figure humaine après sa violente rupture amoureuse, suivie de sa tentative d'« autolyse ». Indifférente à son aspect extérieur, toujours vêtue du même pantalon et d'un chandail extirpés de valises non défaites, n'allant plus chez le coiffeur, ayant perdu près de dix kilos, elle qu'on avait longtemps complimentée pour son élégance ne se ressemblait plus. Elle n'était plus la même...

Surtout pas aux yeux de sa sœur !

Plus tard seulement, Emma parvint à se représenter ce que Sara, après l'avoir admirée jusqu'à en crever de jalousie, s'était soudain mise à penser d'elle : s'étant forgé de sa sœur une image dépréciative, la plaçant plus bas que terre, elle se sentait d'autant plus justifiée à la dépouiller.

Pour soulager ce qu'il lui restait peut-être de conscience, elle se fabriqua des arguments qu'elle jugeait imparables : tout ce qu'elle allait entreprendre pour s'attribuer la part de sa sœur, Sara ne le ferait pas pour elle-même, mais pour ce qu'elle appelait sa « nichée » : sa fille Renaude et les trois fillettes nées du mariage de celle-ci.

Au début, Emma n'y crut pas : il n'était pas possible que sa petite sœur tant aimée la haïsse à ce point. Surtout au moment où elle venait d'être lâchée par celui en qui elle avait placé sa confiance et tout son amour.

Il ne lui restait plus rien. Si, le chien un temps partagé avec Bernard et qu'il venait d'abandonner avec elle. Il lui fallait toutefois un soutien familial, d'où son aveuglement !

Convaincante d'être aussi convaincue, Sara entreprenait pendant ce temps d'expliquer à l'entourage, fille et gendre compris, qu'Emma avait toujours été une de ces nymphomanes qui s'envoient un homme après l'autre. Ce symptôme maladif ne pouvait qu'empirer avec l'âge : désormais, Emma se prendrait des hommes de plus en plus jeunes, Bernard étant le dernier en date ! Pas besoin de beaucoup d'imagination pour en conclure qu'il lui fallait désormais les payer pour qu'ils acceptent de coucher et vivre avec une femme plus âgée qu'eux !

C'est pour parer au désastre que Sara, qui n'était jamais tombée dans un quelconque excès pour quelque homme que ce fût, se donnait pour mission de sauvegarder les biens familiaux qui pourraient se trouver aux mains d'Emma. Elle se faisait un devoir de les mettre hors de portée de cette « folle de son corps » et de ses acolytes.

Le dernier amant en date ne s'étant pas privé d'emporter une partie de son avoir (ce qui était faux : Bernard allait rembourser tout ce qu'il devait par la suite), qu'allait-il en être des suivants ? Plus rien ne freinerait cette « allumée » : le premier venu, le plombier, le déménageur, le jardinier, qui sait, pouvait être l'élu et saurait alors quoi et comment faire !

Toutefois, Sara veillait, elle allait tout mettre à l'abri. Et, forte de l'approbation qu'elle avait obtenue en recourant au mensonge et à la calomnie, elle parvint à se prendre – et à se faire prendre – pour une sainte luttant contre le démon !

Reste qu'au fond d'elle-même, elle savait bien que les aventures successives d'Emma avait toujours été fondées sur de l'amour. Depuis sa prime adolescence, Emma plaisait : des hommes de tous âges, de toutes sortes, la sollicitaient sans qu'elle cherchât à les séduire. Un charme se dégageait d'elle comme à son insu. Un défaut de plus aux yeux de Sara : le pouvoir d'attraction de sa sœur ne pouvait qu'être d'origine malsaine.

Le fait est qu'Emma, dès qu'elle eut repris quelque force, se retrouva de nouveau escortée par des hommes le plus souvent jeunes et beaux.

Excédée, Sara en vint alors à souhaiter la mort de sa sœur : il fallait qu'un tel scandale cesse ! Elle osa même le lui déclarer : « Saute par la fenêtre, tu me rendras service ! »

28

A lors qu'Emma se débattait pour tenter de survivre, Sara ne cessait de l'obliger à se confronter à ce qui lui répugnait le plus : les chiffres, les comptes... Peu portée sur les mathématiques, Emma l'était encore moins sur la comptabilité et ce qu'elle comporte d'abstractions et de réalisme mêlés, car derrière les chiffres il y a l'argent, et derrière l'argent du pouvoir... Ce que sa cadette avait compris d'emblée.

Des années plus tard, Emma se demanda comment Sara, qui avait en quelque sorte été sa jumelle, avait pu ne pas s'apitoyer sur le dénuement moral et même financier dans lequel elle se trouvait alors. À commencer par sa solitude, car le temps qu'avait duré leur liaison, son amant avait fait en sorte de la couper de ses proches et amis.

Épuisée physiquement, honteuse d'être devenue aux yeux d'autrui la « femme abandonnée », Emma, en effet, n'avait pas eu la force de renouer avec son ancien entourage, mais quelqu'un ne la lâchait pas : sa sœur !

La sachant seule et souvent couchée, Sara débarquait chez elle à l'improviste, des papiers à la main. Elle lui demandait des éclaircissements sur des sommes prétendument disparues, comme le produit de la vente des meubles de l'hôtel du Ranelagh, alors que c'était elle qui avait chargé Emma de les mettre en salle des ventes. Grugée par les commissaires-priseurs sur le rare ensemble Art déco réuni par Marianne, Emma, à qui l'on avait demandé, comme pour l'épargner, de ne pas assister aux enchères, avait été anéantie par le ridicule du produit. Quand elle en avait parlé à Sara, celle-ci avait haussé les épaules en pinçant la bouche : « Garde-le ! » Et maintenant elle le lui réclamait ! Où étaient les papiers témoignant du résultat minable des enchères ?

Emma, qui, au retour de chez son amant, n'avait pas eu la force de déballer ses valises, n'avait guère celle de fouiller à présent dans des dossiers. Il fallait d'abord qu'elle se remette à manger et à dormir.

La nuit, elle se réveillait parfois dans des hurlements qui faisaient sursauter le chien Bobby couché au pied de son lit, un bâtard de fox d'une intelligence canine hors du commun. Cet être-là, du moins, ne la quittait pas. De plus, il exigeait impérativement d'être sorti, ce qui obligeait Emma à l'accompagner dans la rue ; aussi d'être nourri à heures fixes, ce qui entraînait sa nouvelle maîtresse à se sustenter un peu elle aussi. Le chien Bobby fut ainsi l'acteur capital de son retour à une vie à peu près normale.

Sara y contribua d'une manière inverse : voyant que sa sœur ne réagissait pas à ses réclamations à propos des comptes – alors que c'était elle qui avait commencé à les fausser en s'arrogeant sur l'argent de leur mère de quoi loger sa fille –, elle entreprit de faire le bilan de ce que lui coûtait la malade.

Déjà, elle exigea que le loyer de l'appartement qu'elle occupait depuis des années avec sa fille soit désormais payé pour moitié par Marianne : c'était ce qu'elle appelait « avoir pris sa mère chez elle... ».

Puis elle dressa la liste de tout ce qui était nécessaire à la pauvre femme, laquelle ne quitta bientôt plus ni la chambre ni son lit : vêtements, aliments, médicaments, sans compter une femme de ménage à temps plein ; d'après elle, si Marianne n'avait pas été là, elle se serait passée d'employer quelqu'un tous les jours.

Sara omit toutefois de préciser que la Sécurité sociale lui envoyait gratuitement une aide-soignante en plus d'un masseur. Très au fait des règlements administratifs, elle avait obtenu que Marianne soit remboursée à cent pour cent des dépenses occasionnées par sa maladie. Elle ne mentionna pas non plus que sa mère touchait une pension, modeste mais non négligeable.

Ce qui ne la retint pas d'aligner par écrit un nombre impressionnant de frais qu'elle estimait devoir être acquittés par sa mère. En sus du loyer, elle fit état de la nourriture, du gaz, de l'électricité, des taxes, des étrennes de fin d'année versées à la concierge, au facteur, aux éboueurs, aux pompiers, etc. Par lettre recommandée, Sara finit par réclamer plus de quarante mille anciens francs par mois à prélever sur le compte de leur mère.

Le chiffre était si exorbitant qu'Emma, en dépit de son indifférence aux choses matérielles, consulta un avocat. Lequel, tout en se disant choqué, fut d'une piètre aide : dans les conflits familiaux, les avocats considèrent souvent que les parties en présence n'ont qu'à s'arranger entre elles, quand bien même ils n'oublient pas de présenter leur note d'honoraires pour avoir ne serait-ce qu'écouté les problèmes pendants.

Emma obtint toutefois que la somme soit coupée en deux, puis elle signa le papier qui permettait à la banque de verser ces mensualités à Sara.

En plus de cet effort – parler argent en représentait toujours un pour elle –, elle tâchait de se reconstruire. Pour y parvenir, elle se remit instinctivement à la seule chose qui ne dépendait que d'elle et dans laquelle elle avait parfois la satisfaction de se sentir progresser : la peinture.

29

Dans les temps anciens, il arrivait qu'on déclarât sorcières des femmes qui plaisaient trop, et on les brûlait. Sans compter qu'elles étaient en général dotées d'une singulière force vitale... Sans qu'elle le sache, Emma était pourvue des deux atouts. Elle avait beau errer, la nuit, sur les quais de la Seine, accompagnée du chien, en murmurant : « Je veux mourir, je veux mourir... », depuis son absorption des comprimés et le lavage d'estomac elle n'avait plus rien fait pour se supprimer. Au contraire, on eût dit que moins elle mangeait, plus elle déambulait dans Paris, et plus la vitalité lui revenait. Comme par divination, elle se sentait en empathie avec n'importe quel inconnu, sans éprouver aucune peur.

Une nuit que ses pas l'avaient conduite sur le parvis de Notre-Dame, elle entendit une voix déchirante qui hurlait : « Reviens ! Reviens, reviens ! » Elle s'approcha d'une silhouette tassée dans l'ombre. Une femme âgée, une pauvresse, tenant une laisse à la main, appelait désespérément on ne savait trop qui...

« C'est mon chien, lança-t-elle à Emma ; il m'a échappé, il est parti. Où est-il ? Il ne revient pas, c'est terrible...

– Oui, lui dit Emma, c'est terrible. »

Le cri « Reviens... » l'avait touchée au cœur : son amour à elle ne revenait pas non plus, il ne reviendrait jamais. Elle n'avait pas et n'aurait pas d'enfant, elle était seule, nul ne s'intéressait à elle, ne fût-ce que pour la soutenir, la consoler au long de ses interminables nuits sans sommeil.

Mais, contrairement à cette vieille femme, elle avait son chien qu'elle tenait fermement en laisse, connaissant le goût de Bobby pour la fugue.

Ce fut lui, sans le chercher, qui résolut le problème : flairant sa présence, l'autre chien – jalousie ? envie de lier connaissance ? –

surgit soudain du noir. Tandis qu'il reniflait son congénère, il fut facile pour Emma de l'attraper par le cou et de lui enfiler son collier resserré d'un cran.

Sitôt que l'animal se trouva prisonnier de sa laisse, la vieille femme se mit en marche en le traînant pour disparaître rapidement sans un merci.

C'est alors qu'Emma se sentit mieux.

Depuis le drame, tournée uniquement vers elle-même, elle ne voyait que ce qui la ravageait : ce chaos, ce monceau de souffrance...

Ce soir-là, elle ouvrit les yeux sur ce qui l'entourait : cet amoncellement de pierres sous les étoiles, la cathédrale éclairée se reflétant dans l'eau sombre du fleuve. C'était si beau qu'elle eut de nouveau envie de peindre.

Et de ne plus faire que ça.

30

Comme ce fut le cas avec la dépêche d'Ems ou le coup d'éventail du dey d'Alger, Hussein, au consul de France, il peut suffire d'un mot ou d'un geste pour déclencher une guerre.

« Pauvre conne ! » jeta en ce jour fatal Emma à Sara. Jusque-là, elle n'avait jamais émis une parole désagréable ou même critique à l'encontre de sa sœur plus jeune. Sans avoir à se refréner, ayant si longtemps admiré sa cadette, laquelle se révélait courageuse au travail et avait eu à faire face à la plus grande des douleurs qu'un homme peut infliger à une femme : l'abandonner après lui avoir fait un enfant.

Maintenant, c'était au tour d'Emma d'avoir été trahie et rejetée par un homme qui lui avait juré qu'ils étaient liés pour la vie.

Affaiblie par sa tentative de suicide, ayant tout juste quitté l'hôpital, elle marchait encore mal quand sa sœur s'était proposée à l'accompagner pour reprendre les quelques affaires restées chez son amant. À peine les deux femmes étaient-elles ressorties de l'immeuble, portant une valise et quelques paquets, que Sara avait lancé à sa sœur, d'un air comme gourmand : « Enfin, je te récupère ! »

Encore plongée dans le gouffre de sa douleur, humiliée, souffrant de se retrouver sur le trottoir, exclue de ce qui avait été et n'était plus le lieu de son bonheur, Emma s'était exclamé sans même la regarder : « Pauvre conne ! »

Par la suite, elle s'en voulut de ce qui lui était venu à la bouche, comme par réflexe, en réponse à des mots qui fouaillaient en elle une plaie encore béante. Alors que Sara ne cherchait peut-être qu'à lui offrir son aide, maladroitement, comme à son ordinaire dès qu'elle usait de la parole.

Quoi qu'il en fût, repoussée dans l'un de ses rares élans, et même insultée, Sara ne souffla mot.

Mais, dès cette minute, la guerre jusqu'alors larvée entre les deux sœurs allait devenir totale.

31

Que Sara s'employât à largement se défrayer en s'enrichissant sur les biens de Marianne, la chose n'était pas encore évidente à Emma. Et comme elle se sentait redevable à sa sœur d'avoir pris leur mère en charge, elle éprouvait le besoin de lui manifester sa reconnaissance en nature, sous forme de présents. Pour dîner, elle apportait régulièrement les « douceurs » dont elle savait Marianne friande : saumon fumé, foie gras, Paris-Brest, saint-honoré, marrons glacés... Sara appréciait aussi, mais ne l'exprimait pas.

Un hiver où Emma partait pour la montagne au moment des fêtes, elle passa chez

Hédiard commander une superbe corbeille de fruits qu'elle fit envoyer à Marianne Servane à l'adresse de sa sœur. Dix jours plus tard, comme elle rentrait chez elle, sa concierge l'arrêta au passage : « Je suis désolée de vous dire que tout a pourri ! – Mais quoi donc ? – Votre sœur a ramené une corbeille de fruits, lesquels n'ont pas pu attendre votre retour ! On les a jetés... Tenez, il y a un mot ! »

Il était bref : « Tu sais bien que Maman ne mange pas de fruits ! »

C'était faux et, de toute façon, Sara aurait pu profiter de la corbeille ou en faire cadeau à d'autres. Emma se sentit choquée, sans bien réaliser ce qu'exprimait un tel refus de la part de sa sœur, sauf qu'il était semblable à ses premiers « non » de petite fille.

Puis il lui vint à l'esprit que Sara lui en voulait de prendre des vacances à la montagne tandis qu'elle-même demeurait la gardienne de leur mère. Plus encore : de ne pas avoir été là pour fêter Noël et le Nouvel An avec elles. Ne sachant s'exprimer autrement que par des représailles, la pauvre fille n'avait aucune chance d'être comprise.

Il y eut d'autres épisodes qui aboutirent au même résultat : le malentendu. Ainsi celui des châles en mohair. Emma les avait choisis avec soin, se disant qu'ils seraient utiles à Marianne pour s'en envelopper les épaules ou les pieds, alors que, l'hiver approchant, elle demeurait immobile dans un appartement peu chauffé. Deux jours plus tard, Emma retrouva le paquet chez sa concierge avec un mot sarcastique : « Tu devrais savoir que Maman n'aime que ce qui est doux, comme le cachemire ou la fourrure : le mohair la pique... »

Si Sara rejetait d'emblée et sous de faux prétextes tout ce qui venait d'Emma, c'est que rien ne lui paraissait « assez ». Il lui aurait fallu autre chose que des objets, elle aurait voulu la présence constante de sa sœur, en fait sa sœur tout entière... comme au temps de leur jumelage.

Désemparée, après s'être plainte à son amie Germaine, la psychanalyste, des affronts que lui faisait Sara en lui retournant brutalement ses cadeaux, Emma lui demanda : « Mais que veut-elle à la fin ? Rien de ce que je peux faire ne la satisfait jamais...

– Elle veut être toi, répondit Germaine, concise comme à son habitude.

– Mais qu'est-ce que cela veut dire ?

– C'est l'effet délirant de la jalousie paranoïaque : on veut être l'autre.

– Mais c'est impossible !

– Bien sûr ! C'est même pour cela que c'est un drame sans issue. »

Les paroles pourtant définitives de Germaine Feuillant ne parvinrent pas à convaincre Emma que sa sœur désirait ce qu'elle ne pouvait lui donner : sa propre personne ! Et elle imaginait encore pouvoir l'apaiser, c'est-à-dire lui prouver sa tendresse par des présents choisis avec cœur.

Un jour qu'elle s'achetait un manteau constitué de chutes de vison chez un ami fourreur de l'avenue George-V, lequel lui faisait des prix imbattables, elle s'empressa d'acquérir le même pour Sara. Et elle se fit un bonheur d'aller le déposer chez elle. Le lendemain, Sara lui téléphonait : « Je n'aime pas du tout cette fourrure, je vais l'échanger ! »

Sa visite, d'après le fourreur, fut désagréable : sans un mot de politesse, elle opta, en lieu et place du vison, pour un pesant trois-quarts en loup dépourvu d'élégance. Mais peu lui importait : il fallait qu'elle prouve à Emma que celle-ci était sans cesse « à côté de la plaque » !

Ce que diagnostiqua Germaine : « Tu pourrais lui donner tout ce que tu possèdes, ce ne serait pas encore suffisant : je te le répète, c'est toi qu'elle veut ! »

Ce qui bloquait Emma, c'est qu'une partie d'elle appartenait à Sara du fait de leur enfance jumelée ; et sa sœur, sans qu'elle se le formulât, le savait. Ce qui la poussait à en jouer – et à en jouir... – dans un excès qui allait croissant.

Comme il en va de toute perversité.

32

C e n'était encore qu'escarmouches. Après quoi vint le temps des grandes manœuvres. Si bien agencées, si perfectionnées en malignité que c'était à croire que Sara s'y consacrait entièrement. Mais faisait-elle autre chose que ruminer à propos de sa sœur ?

C'est du moins ce que Germaine lui répétait : « Ce qui soutient ta sœur, c'est toi !

– Mais Sara a sa vie, sa fille, ses petits-enfants...

– Cela compte à peine. Sa grande affaire, c'est qu'elle voudrait être toi... Et ce, depuis l'enfance ! Comme c'est impossible, elle ne peut que te détester et tenter de te détruire pour prendre ta place. Tiens-la à l'écart ! »

Emma ne parvenait pas à y croire : une telle perversion relevait de la maladie mentale, or Sara montrait par ailleurs, sur le plan social, une belle efficacité.

Quant à la fuir, ainsi que le lui recommandait Germaine, cela lui était devenu impossible depuis que Sara s'était octroyé un otage de choix dont elle jouait avec une habileté qui aurait pu faire d'elle une grande politique si elle avait eu le courage et l'intelligence de changer d'objectifs. De chercher à construire plutôt qu'à détruire…

Alors il eût fallu qu'elle fût autre ! Aussi que les événements ne lui facilitent pas les choses en faisant en sorte que l'otage fût leur propre mère ! Laquelle, s'affaiblissant, se dégradant, n'en devenait qu'une arme plus puissante entre les mains de sa fille cadette.

Les prises d'otages ne relèvent pas que de la guerre, du piratage ou du crime organisé ; les pires sont peut-être celles qui s'exercent sur des otages familiaux…

33

Il y eut l'épisode particulièrement grotesque du Samu.

Tous les week-ends, Sara partait en banlieue, chez sa fille et son gendre, pour leur apporter de la nourriture, des cadeaux, des jeux destinés aux enfants. Les gâter à l'excès lui tenait lieu de compensation pour la semaine de travail qu'elle avait vécue dans la solitude en dépit de la présence de Marianne.

Un temps, elle emmena sa mère avec elle, mais celle-ci se déplaçant de plus en plus mal, ne quittant son lit que pour son fauteuil, elle demanda à Emma si elle ne pourrait pas la prendre chez elle durant la nuit du samedi au dimanche. Emma fut enchantée de pouvoir participer à la garde de leur mère et elle courut acheter un lit supplémentaire, son appartement ne contenant que le sien.

Sara conduisait leur mère chez elle le samedi après-midi pour revenir la chercher le dimanche soir. Emma pouvait ainsi profiter toute une journée de la présence de Marianne, laquelle, en dépit de ses trous de mémoire, demeurait d'un charme incomparable. Ne plus être dans le passé, encore moins dans l'avenir, confère un poids particulier au présent : chaque instant, chaque geste se chargent dès lors de poésie...

De temps à autre les rejoignait, le soir, une tante du côté paternel qui adorait Marianne, et toutes trois pique-niquaient autour de son lit, prises par moments de fous rires dus à l'euphorie qu'elles éprouvaient à se retrouver, grâce à l'oublieuse, à cent lieues du quotidien, de ses soucis, de ses obligations, de ses motifs de tristesse...

Mais Sara, sans avoir besoin d'y assister, devait percevoir qu'au lieu de peser à Emma, la présence épisodique de leur mère la ravissait. À cet intolérable elle devait mettre un terme.

Un dimanche soir, au lieu de passer comme à son habitude reprendre Marianne, elle téléphona depuis chez elle à Emma en lui demandant de bien vouloir la raccompagner. Lorsque Emma pria sa mère de se lever et de s'habiller pour qu'elle pût la ramener chez Sara, celle-ci refusa tout net : « Je suis bien ici, je veux rester ! »

Il était hors de question de la contraindre, et d'ailleurs pour quoi faire ? « Maman a envie de rester chez moi cette nuit, je la raccompagnerai demain matin... », téléphona Emma à Sara.

C'est alors que celle-ci « disjoncta » :

« Si Maman ne veut pas rentrer, c'est qu'elle est malade, très malade : j'appelle le Samu !

– Enfin, Sara... »

Celle-ci avait déjà raccroché.

Quand Emma revint dans la chambre où couchait Marianne, sa mère, comme souvent en ce temps-là, avait changé d'idée et s'était levée. « Bon, se dit Emma, voilà qui arrange tout, on va pouvoir y aller... » L'aidant à finir d'enfiler sur sa chemise de nuit son vaste manteau de fourrure, la coiffant de l'un de ses élégants turbans, elle lui fit rapidement prendre l'ascenseur et monter dans sa voiture. Sara n'habitait pas loin. Une fois sur place, Marianne descendit obligeamment du véhicule et Emma appela sa sœur par l'interphone. Celle-ci descendit, prit sa mère sous le bras et, sans un mot, rentra avec elle à l'intérieur de l'immeuble.

Mais l'affaire ne s'arrêta pas là ; lorsque Emma se retrouva devant sa porte, il y avait un attroupement ! Sara avait bel et bien appelé le Samu, arguant qu'une personne malade avait rapidement besoin de secours. Une équipe était venue sonner à sa porte et comme, absente, elle ne répondait pas, on avait convoqué un serrurier qui s'apprêtait à faire son office.

Emma eut beau s'efforcer d'expliquer qu'il s'agissait d'une erreur, laquelle n'était pas de son fait, elle se fit vertement remettre à sa place. On ne dérangeait pas ces services pour rien, et c'est tout juste si elle n'écopa pas d'une contravention.

Blessée autant que sidérée, elle le fut davantage encore lorsque son père lui téléphona, le lendemain : « Ta sœur m'a appelé pour me dire que tu as déposé ta mère en chemise devant sa porte sur le trottoir ! Pourquoi fais-tu des choses pareilles ? »

Ce qui heurta le plus Emma, c'est qu'elle eut du mal à faire admettre la vérité à son père, car il avait tendance à croire sa cadette plutôt qu'elle. Cela tenait au fait que Sara, pour étayer ses mensonges, savait admirablement mettre en avant son rôle de gardienne de sa mère, et aussi de mère et grand-mère se consacrant à sa « nichée ». Une telle personne méritait forcément respect et confiance. « Une sainte, ta sœur est une sainte ! » disait parfois à Emma la seconde épouse d'Edgard. Sous-entendu : « Toi qui n'as personne à ta charge, tu n'es rien à côté d'elle ! »

Que de prétendues « saintes » soient en fait de redoutables démons reste long et difficile à prouver, comme à faire admettre à l'opinion !

Dès lors, Sara ne confia plus Marianne à Emma puisque celle-ci avait l'impudence d'en tirer non de la gêne, mais du plaisir. Elle préféra, si elle s'absentait, la laisser aux soins dévoués d'une femme de ménage, laquelle, ces nuits-là, couchait dans un réduit sans fenêtre.

« Le placard », disait Concepción avec la gaieté des femmes qui ne savent pas que ce sont elles les véritables saintes.

34

C'est lentement et par à-coups que l'état de Marianne continua de s'aggraver. Cette maladie qui conduit à l'oubli complet peut durer longtemps si la personne est par ailleurs en bonne santé. Sara en annonçait les péripéties à Emma par téléphone : « Depuis ce matin, les jambes de Maman ne la portent plus... » Emma sentait son cœur se serrer, autant pour sa mère que pour sa sœur dont elle imaginait la douleur sous la sécheresse de ton. Car il y avait chez Sara – était-ce son métier de physicienne qui voulait cela ? – une capacité à énoncer le pire avec l'apparente indifférence du praticien.

De même, si elle répercutait la nouvelle d'un décès, c'était sans y ajouter le moindre commentaire : le mal court, la mort fauche – et alors ?

Le mal courait également dans son esprit. Après l'épisode du Samu qu'Emma tenta d'oublier, débutèrent les accusations de vol... Là aussi, il y aurait eu de quoi rire, et pourtant Emma ne riait pas du tout, elle était dans une suffocation, un manque d'air qui finissait par la laisser hébétée.

Un soir qu'elle dînait chez sa sœur en compagnie de leur père, désormais veuf de sa deuxième femme, Sara fit remarquer qu'elle manquait de petites cuillères en argent et qu'il était d'autant plus dommage qu'Emma eût laissé les siennes chez Bernard en déménageant trop précipitamment.

Cette fois, la colère éclata chez Emma :

« Cela valait peut-être mieux que d'y avoir laissé ma vie !

– Oh, ta tentative de suicide... bien légère ! » ricana Sara.

Emma s'en relevait à peine et regarda dans la direction d'Edgard qui baissa le nez sur son assiette. Sans un mot de plus, elle jeta sa serviette sur la table, se leva, prit ses affaires et ouvrit la porte pour sortir. Sa sœur la poursuivit dans l'escalier : « Rends-moi l'argent que tu viens de prendre dans mon sac ! » Lequel sac était en effet ouvert sur une table, dans l'entrée. C'était souvent le cas, et Sara en profitait pour accuser maladivement de vol les uns ou les autres.

En l'occurrence, un couple descendait l'escalier et, entendant l'accusation lancée à la femme élégante qu'était Emma, en resta sidéré.

Rentrée chez elle, si Emma souffrit, ce ne fut pas d'humiliation, mais de la cruauté de sa sœur à son endroit, ainsi que de la lâcheté de leur père qui n'avait pas plus cherché à la défendre qu'à la retenir.

Le reproche de vol ne faisait que commencer ! Un beau matin, Emma reçut un mot de sa sœur : « Comment as-tu osé voler les manteaux de fourrure de Maman ? Je te prie de les rapporter, tu me fais accuser la femme de ménage, c'est honteux ! »

Les manteaux en question, démodés, mités, furent redécouverts dans le fond d'une armoire, chez Sara, sans qu'Emma reçût la moindre excuse. Au contraire, celle-ci profita de l'incident qu'elle avait provoqué pour interdire à sa sœur de se retrouver seule chez elle les après-midi où elle passait voir sa mère. Afin de justifier cette méfiance, elle argua du fait que chaque fois que son aînée venait chez elle, c'était pour emporter quelque objet... Elle faisait allusion à telle ou telle pièce d'argenterie ou à l'un des cristaux de la collection maternelle. Tous bibelots dont Emma n'avait rien à faire, mais inutile de protester ni de faire remarquer que c'était le contraire qui était vrai : à plusieurs reprises, Emma avait fait don à sa sœur de certains de ses meubles, ainsi d'un grand lit-divan tapissé de velours bleu, de fauteuils et de chaises...

Mais le plus déroutant fut l'histoire des voitures. Sara rangeait la sienne, qui n'était plus qu'un véhicule usagé, devant chez elle. Par deux fois elle fut volée – sans doute du fait qu'elle n'en verrouillait pas la porte, pas plus qu'elle ne bouclait son sac... Le premier geste de Sara fut de se précipiter au commissariat de quartier pour accuser sa sœur de l'avoir dérobée ! Après rapide enquête, le commissaire comprit qu'il s'agissait d'une fausse accusation : la voiture d'Emma étant d'une autre qualité, qu'aurait-elle fait de celle-là ? Toutefois, il ne poursuivit pas : les histoires de famille étaient par trop fréquentes pour retenir son attention... Et

quand, pour la seconde fois, Sara vint dere-
chef déclarer que sa sœur lui avait volé sa
voiture, il classa d'emblée l'affaire et Sara
reçut un mot du procureur lui disant qu'il ne
tiendrait aucun compte de cette plainte ni des
suivantes s'il devait y en avoir d'autres.

Quand Emma parla de ces manigances
délirantes à Germaine, celle-ci lui répéta ce
qu'elle lui avait déjà dit : « Pour ta sœur, tu
la voles !

– Mais ce n'est pas vrai !

– Si, tu lui as volé et tu lui voles l'amour
qui lui revient… Elle est convaincue qu'on
n'aime que toi !

– Mais moi, je l'aime !

– Elle est incapable de le ressentir, car cela
la conduirait à lâcher prise ! Or elle ne vit que
de la haine qu'elle te voue… Ce qui est
l'envers de l'amour, certes, mais plutôt lourd
à vivre, je le conçois ! »

Emma se sentit mieux d'être disculpée et
par le procureur et par l'analyste.

Cela ne résolvait cependant pas les problèmes quotidiens, lesquels allaient au contraire
s'amplifiant.

35

Quand Marianne commença à perdre ses moyens, « la tête », comme on dit, Sara déclara qu'il fallait s'occuper de ses biens à sa place puisqu'elle ne pouvait plus le faire elle-même.

Il était possible de les répartir dès à présent entre ses filles, ses seules héritières, mais Sara jugea plus « élégant » – comme si sa sœur connaissait le sens de ce mot ! devait se dire plus tard Emma – de recourir à un système en tous points détestable : l'indivision.

Tout devient bien commun : les maisons comme les meubles, les œuvres d'art, les comptes, le contenu des coffres.

N'y connaissant rien, faisant confiance à l'esprit rationnel de sa sœur, elle-même étant jugée l'artiste de la famille, Emma signa tout ce qu'elle voulut : que sa sœur, qui avait pris leur mère en charge, qui la conduisait chez le médecin, la sortait et même l'emmenait en vacances, se remboursât de ses frais lui paraissait tout à fait normal, et elle s'en serait voulu de demander à vérifier.

Mais, un jour, alors qu'Emma, toujours en psychothérapie, se remettait lentement de la dépression consécutive à sa violente rupture, un événement aurait pu se révéler catastrophique si, à la banque, une gérante de fortune, avertie, n'avait veillé au grain.

Ce matin-là, elle téléphona à Emma pour se déclarer inquiète : « Êtes-vous au courant ? Votre sœur vient de m'appeler ; elle m'a dit qu'elle allait venir à la banque en fin de matinée afin de vider le compte joint que vous avez avec elle et qui contient les avoirs de votre mère. Elle m'a demandé d'ouvrir un nouveau compte à son nom, sur lequel elle veut tout transférer.

— Mais j'ai droit à la moitié des biens de ma mère !

— Certes, mais le règlement qui régit les comptes joints veut que celui qui décide d'en

vider un en a parfaitement le droit. Je l'ai
hélas vu faire dans bien des cas de mésentente ou de divorce, avec des conséquences
dramatiques.

– Que puis-je faire ?

– Arrivez tout de suite, avant elle, et vous
bloquerez le compte. »

Ce qui fut fait : il faudrait désormais deux
signatures pour tout chèque émis sur ce
compte-là.

Reste que pas un instant Emma n'imagina
qu'elle aurait pu procéder à l'opération en sa
faveur. La banquière ne le lui proposa pas
non plus. Ces deux femmes avaient leur sens
de l'honneur, ce qui était en soi respectable,
mais cette vertu allait coûter de plus en plus
cher à Emma.

Étrangement, elle n'adressa aucun reproche
à sa sœur, ne se plaignit même pas. Elle était,
comme on dit, « sciée ». Que se passait-
il pour que sa sœur agît ainsi dans son dos
et contre elle ?

Sara ne réagit pas non plus, ne s'excusa
pas, ne chercha pas à se justifier : elle se
contenta de se répandre en propos malson-
nants sur la banquière qui se moquait de ses
clients en n'exécutant pas leurs ordres, et elle
réclama de changer d'établissement.

36

Emma avait aussitôt acquiescé quand Sara lui avait demandé sa collaboration, nécessaire pour mettre les biens de leur mère en indivision, Marianne en gardant l'usufruit tant qu'elle vivrait. « Indivision », « usufruit », ces vocables, nouveaux pour Emma, ne lui semblaient pas signifier grand-chose.

D'autant plus que le mot « indivision » lui plaisait et même la rassurait, car il lui rappelait son enfance. N'avait-elle pas vécu dans une espèce d'indivision avec sa sœur, partageant tout avec elle : jeux, travail, bonheurs, chagrins... ? Lectures aussi : elle se souvenait de l'époque où, de lit à lit, elles se lisaient mutuellement les pièces de Racine ou les poèmes de Baudelaire... Et elles portaient toutes deux la même affection à Chicot, le bouffon du roi dans *Les Trois Mousquetaires*...

À Emma, femme divorcée, revenir à un régime d'indivision donnait le sentiment d'être soudain moins seule. Et même de ne plus l'être du tout...

Quant aux conséquences – qui ne pouvaient qu'être néfastes, comme ça l'est dans tous les cas d'indivision –, elle pouvait d'autant moins les envisager que le notaire chargé d'établir les actes se garda bien de proférer le moindre avertissement. En partie par incurie, mais aussi parce que l'homme de loi devait trouver tout à fait légitime que deux sœurs si unies, telles qu'elles lui apparurent dans son étude, le demeurassent au sujet des affaires de leur mère incapable.

Emma et Sara signèrent donc avec un bel accord un acte qui allait les opposer et les séparer. Comme il advient dans quantité de familles que le manque de professionnalisme de la gent notariale, doublé de son indifférence, précipite dans cette sorte d'impasse.

À l'époque, Sara n'imaginait peut-être pas d'éliminer sa sœur ; ce qu'elle désirait, fût-ce inconsciemment, c'était prendre l'ascendant sur elle, en un mot le pouvoir. Devenir celle qui décide du présent comme de l'avenir. Elle y parvint d'autant plus facilement que sa sœur n'en exprimait aucune envie et la laissait faire.

Chez Emma, c'était par confiance, car au début l'idée que sa cadette pût tenter de la gruger ne lui venait pas à l'esprit. Et elle était fière de sa petite sœur lorsqu'elle la voyait exciper devant les notaires d'articles de loi, ou discuter avec les médecins du cas de leur mère, ce que lui permettaient ses connaissances en biologie.

Sans compter que Sara prenait la peine d'en référer à elle par téléphone, ou de vive voix lorsque Emma venait dîner avec elle et leur mère. Ce furent de bons moments, quoique teintés d'une tristesse diffuse : ni l'une ni l'autre des sœurs n'avaient de compagnon et être « femme seule », en ces années-là, n'était pas vraiment du gâteau...

Il fallait veiller à entretenir la vie quotidienne comme à la gagner. Depuis son mariage comme après son divorce, Emma n'avait jamais reçu d'argent de sa mère, et quand celle-ci lui en avait proposé, elle avait refusé dans un mouvement de fierté, afin de conserver une indépendance liée à la capacité de subvenir à ses propres besoins.

Sara aussi s'était d'abord montrée scrupuleuse vis-à-vis des biens de sa mère, jusqu'au moment où Renaude était née. N'ayant qu'une seule petite-fille, laquelle était sans père, Marianne Servane avait multiplié les largesses ; cadeaux allant du mobilier aux vêtements et aux jouets somptueux, et jusqu'à des séjours en des pays lointains comme l'Australie. Ce voyage, elle l'avait offert, en les accompagnant, à la petite Renaude comme à sa mère.

Pour son compte, Emma n'éprouvait pas le besoin de faire du tourisme, sa peinture l'incitant plutôt à une sédentarité coupée de brefs déplacements. Que les personnes qui lui étaient le plus proches jouissent de l'existence la contentait. Et même la ravissait.

Par la pensée, elle était avec ses chéries et, à leur retour, les écoutait avec bonheur raconter leurs découvertes. En leur absence, elle avait gardé les chats.

C'était une sorte de vie commune : les femmes y sont comme naturellement disposées, chacune apportant ce qu'elle avait de force et ce qu'elle avait acquis d'expérience.

Hélas, l'état de Marianne Servane s'était dégradé à tel point qu'il fallut envisager de nouvelles mesures, aussi bien pour sa personne que pour les biens dont elle ne pouvait plus s'occuper.

C'est alors que Sara avait suggéré de vendre l'hôtel particulier de Marianne, désormais vide et source de frais inutiles.

Se séparer de la maison de leur enfance avait paru à Emma un crève-cœur.

Elle s'en voulait encore d'avoir laissé faire.

37

Quand elle cherchait à se remémorer ces
années-là, Emma ne parvenait pas à se
rappeler le détail de chacun des trop nombreux incidents qui les avaient ponctuées.
Reste que tous exprimaient le désir persistant
de Sara de la harceler.

Il y eut le prétendu vol des bijoux de leur
mère, un diamant et un bracelet de chez
Cartier. Soudain, Sara déclara *urbi et orbi*
qu'elle ne les retrouvait pas et que seule
Emma pouvait les avoir dérobés. Par bonheur, il y eut un témoin connu pour sa bonne
foi qui, lors de la première communion de
l'une des petites, remarqua que Sara arborait
le bracelet à son bras... On n'en reparla plus.

Quant au diamant, elle l'avait probablement vendu afin de pouvoir gâter plus encore sa « nichée » : car c'est ainsi qu'elle croyait bon d'agir pour se l'attacher.

Ce qui n'était pas faux : nul n'est indifférent à un continuel courant d'argent. D'ailleurs, pour complaire à sa mère qui en était la pourvoyeuse, Renaude pensa qu'il était dans son intérêt de tourner définitivement le dos à sa tante. Il est vrai qu'Emma, pour sa part, ne lui dispensait pas d'argent, seulement de la tendresse et de l'attention... En somme, de quoi grandir, mais Renaude voulait-elle vraiment grandir ? En restant dans le giron maternel, elle savait qu'elle aurait toujours « de quoi », Sara puisant sans vergogne pour elle dans l'héritage de Marianne.

La dernière entrevue de la tante et de la nièce, accompagnée de deux de ses filles, eut lieu dans un hôpital où elles s'étaient retrouvées au chevet d'une vieille amie du père d'Emma. Emma, heureuse de cette réunion impromptue, chercha à entamer un dialogue avec sa nièce et ses petites-nièces. Sans succès : aucune ne répondit à ses avances, ni même la regarda : c'était comme si elles ne la voyaient et ne l'entendaient pas ! Ne voulant pas faire d'esclandre dans la chambre de la malade, Emma attendit que Renaude fût sortie en compagnie de ses fillettes pour la suivre jusqu'à l'ascenseur. Là, elle la questionna :

« Que se passe-t-il ? Pourquoi me fais-tu la tête ? »

Renaude lui décocha un regard par en dessous et sa réponse claqua :

« J'ai pris le parti de Maman !

– Vraiment ? riposta Emma qui n'en croyait pas ses oreilles. Je ne savais pas qu'il y avait un parti de ta mère ! Eh bien, je préfère le savoir ! Bon, puisque c'est ce que tu veux, n'en parlons plus ! »

Comme l'ascenseur se présentait, le trio s'y engouffra et Emma, pensive, rentra dans la chambre où devisaient son père et son amie.

Les vieilles gens, heureux d'être ensemble, ne s'étaient rendu compte de rien. Pour ne pas gâcher leur plaisir, Emma ne leur confia pas qu'une rupture familiale venait d'avoir lieu, qu'elle déplorait et qui menaçait d'être définitive.

Elle le fut, comme le souhaitait Sara.

38

C'est par touches au début légères que se prépara l'éloignement d'Emma, puis son exclusion. Comme à l'ordinaire, tout commença par des mensonges : « Chaque fois que tu viens chez moi, tu ne peux pas t'empêcher de faucher quelque chose ! J'ai prévenu la femme de ménage : je ne veux plus que tu restes seule ici quand tu viens voir Maman ! »

C'était si énorme, si bête, qu'Emma se contenta de hausser les épaules, et elle continua d'aller sonner chez sa mère quand elle en trouvait le temps dans la journée : Concepción, la Portugaise, lui ouvrait la porte. Emma s'asseyait près de Marianne, au début dans un fauteuil, puis au bord de son lit, et lui tenait la main.

Elles ne disaient rien, mais un chaud courant d'amour passait de l'une à l'autre

Vint le jour où Concepción, l'air contrit, lui fit savoir qu'elle n'avait plus le droit de laisser Emma pénétrer dans l'appartement. Toutefois, lui dit cette femme de cœur, elle allait le faire quand même, mais, surtout, qu'elle n'en dise rien à Madame, sinon elle risquait le renvoi.

Vérité ou menace en l'air ? Concepción, qui s'était prise d'affection pour Marianne, comme la plupart des gens qui la côtoyaient, était une bénédiction. Où Sara l'avait-elle dénichée ? Une femme qui ne désirait pas être déclarée, couchait dans un réduit sans fenêtre, faisait tout et plus dans la maison, et se montrait d'une humanité contrastant avec la dureté de Sara.

« Vous savez, rapportait-elle à Emma, quand vous venez voir votre Maman, pendant plusieurs jours elle vous réclame. Elle ne parle presque plus, mais elle répète doucement votre prénom : Emma, Emma... »

C'était surtout le week-end, quand Sara partait voir Renaude et ses petites-filles en banlieue, qu'Emma pouvait voir Marianne en cachette. Concepción lui téléphonait : « Votre sœur est partie, vous pouvez venir ! »

Alors, pendant une ou deux heures, se recréait entre les trois femmes le même climat de bonheur que celui éprouvé jadis en Bretagne avec Adèle.

Concepción leur préparait du thé ou du chocolat et s'épanchait du trop-plein d'indignation que lui inspiraient les mesquineries de Sara, que ce fût à son endroit ou à celui de Marianne.

« Elle dit à votre Maman : si tu ne signes pas ce papier, tu n'auras pas ton yaourt... La pauvre ! »

Emma découvrit plus tard que les papiers en question étaient des testaments : « Tout doit revenir à ma fille Sara » !

Le texte était de la main de Sara, et la signature, tremblante, à peine esquissée, de celle de Marianne.

Un crève-cœur !

Sans doute est-ce parce qu'elle était déchirée de voir sa mère en train de s'effacer du monde des vivants qu'Emma se défendit si mal. Et même ne se défendit pas du tout. « Vous auriez pu déposer plainte contre votre sœur pour séquestration ! » devait s'indigner plus tard l'avocat.

Emma n'y avait pas songé. Le fait que son père fût encore vivant, à l'époque, la freinait : le vieil homme, ayant toute sa tête à plus de quatre-vingt-dix ans, aurait été désespéré de savoir comment se comportait sa cadette. « Mes filles sont très différentes de caractère, mais je les aime autant l'une que l'autre », disait-il.

Longtemps Emma n'eut qu'un objectif : maintenir le mythe de l'entente sororale, d'abord pour son père, mais sans doute aussi pour elle-même.

Il lui semblait que si sa sœur se révélait si mauvaise, c'est qu'elle souffrait de voir l'état de leur mère se dégrader de plus en plus : sur la fin, il fallut même la nourrir à la seringue, ses muscles ne lui obéissaient plus.

Se montrer patiente était sa façon d'aider et de soutenir sa mère comme sa sœur. Ces histoires de vols d'objets, d'argent, quelle importance avaient-elles face à ce drame d'une vie qui s'achève dans l'horreur ?

Tout rentrerait dans l'ordre quand Marianne, qui allait sur ses cent ans, finirait par disparaître. Sa sœur aurait besoin d'elle, de son affection, et elle serait là.

Elle le fut, mais, pour autant, rien ne se dénoua.

39

Avoir coupé sa sœur de sa fille et de ses petites-filles n'allait pas suffire à Sara : il fallait qu'elle parvienne à la séparer aussi de sa mère ; les deux femmes avaient trop de bonheur à se trouver ensemble, ne fût-ce que provisoirement.

Cela se confirma un été où Sara, croyant « embêter » Emma en la privant de sa liberté, lui déclara tout de go qu'elle comptait sur elle pour prendre en charge leur mère au mois d'août, elle-même projetant de faire un voyage à l'étranger avec les petites.

À l'époque, Marianne marchait encore et pouvait monter un escalier. Emma fut heureuse d'organiser leur séjour dans la belle maison bretonne que sa mère aimait tant.

Le sourire quotidien de celle-ci à se retrouver dans sa grande chambre, face aux pins et aux châtaigniers, paysage qu'elle avait contribué à développer et entretenir, fut pour Emma une joie insigne.

Adèle, une personne du cru qui les avait servies autrefois et qui, ayant pris de l'âge et sa retraite, était devenue une amie, vint loger avec elles. Les trois femmes s'entendaient à merveille, et quand Emma partait faire des courses, elle savait qu'Adèle et Marianne deviseraient tranquillement d'épisodes du passé.

N'avoir aucune nouvelle de Sara était à la fois un repos et un soulagement en dépit d'une mise en garde. Armande, sa tante paternelle, appela Emma au téléphone : « Tu n'aurais jamais dû rester seule avec ta mère...

– Mais pourquoi ?

– Imagine qu'elle meure, ce qui est possible, vu son âge et son état. Ta sœur t'accusera de l'avoir assassinée ! »

La tante Armande avait eu personnellement à souffrir des perfidies de Sara et ne prévoyait d'elle que le pire, ainsi qu'elle le déclara quand on en vint au procès.

Mais l'été se passa le mieux du monde et Marianne souffrit de devoir quitter un lieu où elle venait de vivre quelques semaines d'un bonheur qui n'aurait jamais plus lieu. Elle n'allait jamais revenir dans cette maison ni revoir sa fidèle Adèle. Toutes deux pleurèrent en se quittant.

Lorsque, au bras d'Emma qui portait sa valise, elle rentra dans l'appartement de Sara, celle-ci lui jeta un coup d'œil aiguisé : Marianne avait pris des couleurs, arborait un gai sourire et lui rapportait un bouquet de dahlias du jardin, tous détails laissant entendre qu'elle avait été heureuse en compagnie de sa fille aînée.

Le choc en retour ne se fit pas attendre : « Tu peux t'en aller, lança Sara à sa sœur. On n'a plus besoin de toi ! »

Que répondre ? Emma se retrouva sur le trottoir, aussi triste que médusée. Sans qu'elle le sût encore, une page venait de se tourner définitivement. Plus jamais elle ne pourrait vivre avec sa mère. Même la voir à son gré allait se révéler difficile.

40

Q uand survient le moment de la séparation définitive d'avec un être aimé, aucune
préparation ne vaut : c'est chaque fois l'effon-
drement.

Adèle prit sur elle d'avertir Emma que
Marianne venait de décéder. Sara l'avait pré-
venue sans se donner la peine d'en faire
autant pour sa sœur. Ou était-ce qu'elle n'en
avait pas le courage ? Il subsiste des points
sensibles, même chez ceux ou celles qui
croient s'être endurci le cœur.

C'est à pied qu'Emma accourut chez sa
sœur où elle savait sa mère reposant sur
son lit. Sa bouche, restée belle, semblait
sourire.

Bouleversée, Concepción lui apprit que Marianne avait fermé les yeux après une ultime perfusion, puis son cœur avait doucement cessé de battre.

Sara tournait dans l'appartement, remuant ci et ça, ne disant rien.

Elle s'était laissé embrasser par Emma, le corps roidi, puis lui avait appris non sans réticence que l'enterrement aurait lieu trois jours plus tard, dans le cimetière situé près de leur maison, en Bretagne.

Emma comprit qu'elle aurait à s'y rendre seule. Sa sœur, murée dans un chagrin dont elle aurait voulu l'exclure, se chargeait des préparatifs et se rendrait en Bretagne entourée par sa fille, son gendre et ses trois petites-filles.

Il en alla de même à l'église, puis au cimetière : Sara, Renaude, les petites et le gendre se tenaient groupés d'un côté du cercueil ; Emma seule de l'autre, avec Adèle.

Bien qu'elle eût le cœur serré, Emma avait l'étrange sentiment d'assister à quelque chose d'irréel, comme une scène de cinéma. Ce qui se précisa lorsque les fossoyeurs, ayant encordé le cercueil, s'apprêtèrent à le descendre dans le caveau, Sara se mit alors à hurler : « On me prend mon bébé ! » C'était si hallucinant, et même gênant, qu'Emma se précipita vers sa sœur et la prit dans ses bras : « Je suis là, je suis avec toi. Tu n'es pas seule, nous sommes ensemble... »

Le cri de Sara l'avait frappée comme venant du plus profond, de ce lieu où, depuis l'enfance, sa sœur accumulait des souffrances qu'elle ne voulait ni avouer ni reconnaître. Même si traiter sa mère de « bébé » devait sembler déplacé à l'assistance demeurée silencieuse et figée, rien n'était plus sincère : Sara avait fait de sa mère muette et dépendante l'être qui lui était le plus proche. En la perdant, c'était sa relation avec elle-même qui disparaissait.

Consciente de sa douleur, laissant de côté tout ce qu'elle lui avait fait subir d'offensant, cette fois encore Emma aurait voulu la consoler.

Ce lui fut impossible : dès qu'il eut quitté le cimetière, le groupe conduit par Sara se resserra, boucliers levés, et Emma sentit que ce qu'on attendait d'elle, ce qu'elle avait de mieux à faire, c'était de remonter dans sa voiture et regagner Paris.

Elle se sentait tout aussi seule que sa sœur. Toutefois, un homme l'attendait à Paris, et, même si elle ne vivait pas avec lui, elle pourrait lui dire ce qu'il en avait été de cette sombre journée, la revivre dans ses bras. Pleurer.

Sara, elle, hors les enfants, n'avait personne.

41

La disparition de Marianne affecta Emma bien plus qu'elle ne l'aurait cru. D'aller la voir et lui tenir la main, de pouvoir l'embrasser entretenait entre mère et fille un courant de vie d'autant plus puissant, peut-être, qu'il était muet : il n'existait plus entre elles de motifs d'irritation, de ces légers malentendus qui se glissent dans les dialogues entre gens qui s'aiment ; les deux femmes n'étaient plus reliées que par un lien spirituel.

Emma avait beau se dire que, sa mère partie, le lien n'était pas coupé, qu'elle continuait, de là-haut, à veiller sur elle, elle se sentait une fois de plus abandonnée.

Pour lutter contre ce sentiment destructeur, elle décida de se rendre en juillet dans la maison bretonne où elle savait que sa nièce et deux des petites séjournaient. Ce lui ferait une compagnie, sans compter que le cimetière était proche. Comme la maison leur appartenait désormais en indivision, chaque membre de la famille pouvait l'occuper à son gré.

Le séjour fut catastrophique. Élevées à la diable, les petites ne rangeaient ni ne faisaient rien, dispersaient ce qui restait des souvenirs qu'y avait entreposés Marianne et se conduisaient vis-à-vis d'Adèle vieillissante avec une déplorable insolence.

Pour ce qui est d'Emma, on la tolérait sans lui accorder la moindre marque d'affection. Elle comprit qu'elle ne pouvait continuer de cohabiter avec des personnes qui se révélaient pires que des étrangères, presque des ennemies, et elle repartit pour se rendre chez son père, dans le Berry.

Vu son grand âge et sa difficulté à se déplacer, le vieux monsieur s'était excusé de n'avoir pu assister à l'enterrement de sa première femme. Mais Emma sentit qu'il en avait été attristé : des pans entiers de sa jeunesse avaient disparu avec elle. Comme il était veuf de sa seconde femme, il ne lui restait plus que ses deux filles, sa petite-fille et ses trois arrière petites-filles. Devinant sa fragilité affective, Emma se retint de lui dire à quel point elle était maltraitée par sa sœur, qui faisait de la rétention d'héritage, et par les petites qui ne lui manifestaient aucune considération.

C'eût été lui porter des coups peut-être fatals.

D'où sa passivité face aux agissements de sa sœur et de tout le mal qui allait s'ensuivre. Qui ne veut pas se défendre s'offre en victime.

42

Après un décès, toutes sortes de compli-
cations s'ajoutent au chagrin, parfois
jusqu'à l'obscurcir – il n'en réapparaîtra que
plus fortement ! Déclarations administratives
et bancaires, débarras des objets personnels –
vêtements, affaires de toilette, médicaments –,
annonces nécrologiques, réponses aux condo-
léances...

Puis vient le moment du partage des biens
du défunt. Opération redoutable, tant elle
réactive ou fait surgir des conflits familiaux.

Un notaire de Châteauroux, ami de longue
date de Marianne et de ses filles, au courant
aussi bien de leurs affaires que de leurs différends, s'offrit obligeamment à venir chez

Sara, en compagnie d'Emma, pour « déblayer ». Le brave homme n'y voyait pas malice : il savait que Sara avait entreposé chez elle tous les meubles et objets d'art de leur mère et qu'il devait être possible de les attribuer pour moitié aux deux sœurs.

C'était compter sans l'animosité vengeresse de Sara.

« Impossible, déclara-t-elle d'emblée dès qu'ils furent tous trois assis dans son salon. J'ai trop de peine, trop de chagrin pour démanteler le décor dans lequel a vécu Maman... Ses meubles, ses objets, tout ce qu'elle aimait tant contempler les derniers temps, tout ce qui me la rappelle à chaque instant, et qui m'aide à vivre, doit rester là...

– Mais il va bien falloir faire ce partage, observa le notaire d'un ton surpris. Votre sœur a droit à sa part ! »

Sara avait-elle déjà son plan ? Elle biaisa : « Je la lui donnerai, mais un peu plus tard... »

Sur les instances du notaire qui croyait en sa bonne foi, elle consentit à écrire sur un bout de papier qu'elle s'engageait à restituer à sa sœur, dans un délai d'un an, telle commode, tel tableau, tel bronze et divers autres objets de valeur.

Elle signa.

Mais, pour Sara, une signature n'avait aucune valeur, pas plus la sienne que celle d'autrui. Ne comptaient que ses objectifs, autrement dit son bon plaisir.

Qui était et resterait de dépouiller sa sœur de sa part. Façon de la « tuer » en lui refusant d'exister en tant que descendante de ses père et mère.

43

Située dans une petite ville de province, la vieille maison de famille qui avait vu passer trois générations contenait d'encombrants et précieux trésors : meubles anciens, linge, belle vaisselle, objets et bibelots de toutes sortes, souvenirs en tout genre, photos, courrier, archives... Lorsqu'il s'était résigné à y prendre sa retraite, la vie en mégapole lui étant devenue difficile, Edgard avait ressenti une certaine anxiété : se retrouver en province, pour un homme qui avait été aussi actif et voyageur, n'était-ce pas d'avance mourir ?

C'est la maison même qui avait su le rassurer sur ce point : jusque-là, il n'y était venu que quelques semaines, l'été, la quittant chaque jour pour une excursion, un aller et retour dans les bourgs et villages proches. En y restant à temps complet, à voir défiler les saisons, il en découvrit le charme, dont celui de son petit jardin de curé, à l'ombre de la cathédrale.

Et que de nouvelles voies s'offrirent alors à lui ! Déjà, frequenter des personnes jusque-là demeurées discrètes, qui avaient connu son propre père et se réjouissaient de le recevoir dans leurs maisons parfois fort belles, vieux hôtels particuliers au milieu de jardins, de parcs, et jusqu'à des châteaux... On l'invitait à des occasions où il s'agissait aussi bien de déguster des mets merveilleusement cuisinés que des vins du terroir, ou alors pour jouer au bridge – ce en quoi il excellait – tout en faisant de nouvelles connaissances. Dont des femmes charmantes, de son âge et souvent veuves...

Ceci pour la vie en extérieur. Quand il restait chez lui, Edgard prenait goût à feuilleter les archives familiales, à consulter des livres anciens, voire à se livrer à ce qu'on appelle un hobby : l'aquarelle.

Il avait d'autant plus de temps pour lui qu'il pouvait disposer d'un luxe qu'il n'avait pas à Paris : une employée de maison à temps complet, ce qui fait que sa vie quotidienne était bien remplie et qu'il s'y trouvait comme dans un cocon.

En fait, c'était la maison le cocon, comme il le perçut avec sa lucidité ordinaire. Ce qui fait qu'il s'y attacha de plus en plus et commença à s'interroger sur ce que ce havre de tranquillité et de plaisirs simples deviendrait après son décès. Même si, de nos jours, on peut prévoir de vivre jusqu'à cent ans, le vieux monsieur ne se dissimulait pas que tout a une fin.

Emma, qui se ressentait encore de sa douloureuse séparation amoureuse, venait de plus en plus souvent lui rendre visite et cohabitait de longues semaines avec lui. La maison ayant deux étages, son père s'était attribué le premier et il proposa à sa fille de s'installer au second, comme elle l'entendrait. Il ne regrettait qu'une chose : la rareté des apparitions de Sara, de sa petite-fille Renaude et de ses arrière-petites-filles. Sachant qu'il en souffrait, Emma avait fait en sorte qu'elles viennent une ou deux fois l'an. Alors c'était le tam-tam, la débauche de festivités, de cadeaux... Mais, pour une raison qu'Emma ne comprenait pas, quoique fort bien reçu et gâté, ce petit monde faisait grise mine et repartait le plus vite et le plus tôt possible, Emma et Edgard agitant tristement leurs mouchoirs sur le seuil de la porte donnant sur la rue.

La raison de cette désaffection finit par se révéler : Sara aurait trouvé juste et normal qu'Edgard fît don d'ores et déjà de la maison à elle et à sa fille, afin qu'Emma n'en vît pas la couleur ! Elle eut la maladresse ou la cruauté de laisser entendre que, n'aimant guère la vie de province, elle la vendrait illico, et elle savait déjà dans quelle salle des ventes irait tout son contenu.

Edgard eut un coup au cœur à l'idée que ses chers biens de famille fussent dispersés aux quatre vents. C'est alors qu'Emma, le voyant abattu et mélancolique, lui proposa : « Si tu veux, Papa, fais-moi dès à présent donation de cette maison dont tu garderas l'usufruit. Après toi, je m'en occuperai, je pourrai même y vivre, en cas de besoin... Pour dédommager Sara, tu lui donneras l'équivalent en argent : c'est certainement ce qu'elle préfère... »

Edgard se redressa dans son fauteuil, revigoré, rajeuni : l'avenir de sa maison étant assuré, il allait pouvoir mourir en paix. Ou plutôt n'y plus songer...

Le lendemain, le notaire de la famille fut convoqué et se mit en devoir de rédiger l'acte de donation.

44

Le choc que reçut Sara en apprenant les dispositions testamentaires de leur père, Emma ne le comprit que tardivement. D'autant plus que sa sœur commença par le nier, envoyant à Edgard une lettre qui pouvait passer pour des félicitations : « Comme c'est gentil à toi de penser aussi bien à nous deux ! » Cela se voulait ironique, et même plein de rage contenue, mais, comme à son habitude, Sara n'était pas parvenue à clairement s'exprimer. Elle se rattrapa devant le notaire. La loi veut en effet qu'une donation soit entérinée et paraphée par les récipiendaires.

C'est avec un certain contentement qu'Emma conduisit Edgard chez un notaire parisien du septième arrondissement : ce serait une bonne chose de faite, et elle envisageait qu'après la signature ils pourraient tous trois aller déjeuner ensemble dans ce quartier où abondent d'excellents restaurants. Ce serait elle qui inviterait, et elle savait à quel point Edgard se réjouirait de se retrouver entre ses deux filles qu'il chérissait tout autant l'une que l'autre.

En fait de plaisir, ce fut le drame ! Au moment de signer l'acte qu'on leur présentait, après y avoir jeté un bref coup d'œil Sara déclara qu'elle n'accepterait la donation que lui faisait son père de son avoir en argent qu'à condition qu'elle puisse d'ores et déjà gérer son portefeuille d'actions à sa place et à sa guise. Une demande qu'elle tenta de justifier avec agressivité : « Vu son âge, Papa sera bientôt gâteux et il ne sera plus capable de s'occuper convenablement de ce qui doit me revenir. Je préfère m'en occuper moi-même dès à présent. Si ce n'est pas spécifié, je ne signe pas... »

Tous les matins, depuis des années, Edgard considérait les cours de la Bourse et gérait très sagement, en bon père de famille, son portefeuille d'actions. Non seulement c'était son plaisir, mais cela lui prouvait qu'il avait encore toute sa tête. Ce qui était vrai.

Toutefois, devant le notaire, pris de court par ce coup bas, au lieu de protester le vieu. monsieur se rapetissa, épaules voûtées, sur son fauteuil. La déclaration de sa fille le blessait au plus vif. C'était si scandaleusement déplaisant que le notaire et Sara s'exclamèrent d'une seule voix : « C'est peut-être nous qui n'aurons bientôt plus toute notre tête... » Sous-entendant par là que Sara aussi risquait fort de la perdre, et plus tôt qu'elle ne le pensait.

Mais rien n'y fit : sans la certitude qu'elle devenait sans attendre la gérante du portefeuille de son père, Sara ne voulait pas signer.

Sous le choc de l'humiliation inattendue imposée à Edgard, Emma ne put celer son impatience, ce dont Sara profitait toujours :

« Il n'est pas question de déposséder Papa de la gestion de son portefeuille, d'autant moins qu'il le gère parfaitement, dit-elle. Nous ne signerons donc pas !

– Même si elle n'est pas acceptée, cela n'empêche pas que soit réalisée la donation à laquelle veut procéder votre père, expliqua le notaire. Toutefois, à son décès vous serez contraintes de tout faire réestimer, alors que cela vient d'être effectué. Ce qui vous imposera à nouveau de coûteux inventaires...

– Tant pis ! s'exclama Emma. Je préfère avoir à régler ça plus tard plutôt que de voir mon père dépossédé de son droit d'administrer ce qui lui appartient. Viens, Papa, nous partons. »

Edgard n'avait pas proféré une parole. Il se leva aussi rapidement qu'il pouvait et, appuyé sur le bras d'Emma, se dirigea vers la sortie.

Sous son feutre, son visage fermé était accablé. Quant à Emma, elle avait le cœur serré. Sara semblait aimer son père, alors pourquoi s'était-elle montrée mauvaise et même cruelle à son endroit, au moment même où Edgard était en train de lui faire un cadeau dont la valeur ne pouvait que s'accroître ? Sans compter qu'il avait offert de payer pour elle – mais pas pour Emma – les droits de timbres afférents à la donation Tout n'était que cadeau et profit pour sa fille cadette !

Car si l'argent du portefeuille concédé à Sara équivalait à l'estimation faite de la maison, Emma savait par avance que la conserver et l'entretenir lui coûterait ; alors que la part de Sara, constituée d'argent liquide et d'actions boursières, engendrerait intérêts et plus-values...

Mais, dans l'esprit vengeur de Sara, sa sœur sans enfant, forcément dispendieuse, n'aurait rien dû toucher de l'héritage paternel. En ne voulant pas le comprendre, son père se comportait avec inconscience, légèreté, et il lui revenait, à elle, aujourd'hui comme demain, d'agir à sa place !

Même si cet imbécile de notaire refusait de s'en rendre compte, Sara était convaincue d'incarner la justice.

45

Courant allègrement sur ses cent ans, Edgard multipliait ses activités de retraité. Toujours accueillant, de bonne humeur, il menait chacune de ses journées selon une discipline immuable : réveil à heure fixe, brève écoute des nouvelles à la radio, descente pour le petit déjeuner dans la salle à manger, papotage avec sa vieille gouvernante et amie, avec Emma quand elle était là, avec sa jeune employée de maison qu'il affectionnait ; puis il remontait dans sa chambre et sa salle de bains y faire minutieusement sa toilette. Une fois prêt, il redescendait au rez-de-chaussée, allait s'asseoir derrière son bureau où, jusqu'au déjeuner, il s'occupait de ses papiers, tenait ses comptes, ouvrait son courrier, y répondait, appelait au téléphone...

L'après-midi, il se rendait à pied à son club de bridge, situé dans une rue adjacente, ou se faisait conduire chez des amis dont certains vivaient dans des manoirs ou des châteaux de la région. On bridgeait, on fumait, on bavardait – on « rigolait », comme il aimait à dire.

Habile de ses mains, ce haut fonctionnaire passionné de bricolage, comme il ne tenait plus à se rendre dans l'atelier qu'il s'était aménagé au fond du jardin, s'occupait à réparer avec minutie les menus objets qui le nécessitaient, ou à confectionner des boîtes de rangement dans lesquelles on trouvait de tout sous étiquettes : trombones, ficelles, agrafes, vieilles clés, etc.

Plus tard, se rappelant l'incessante activité de son père, Emma se disait que ce qui le rendait de si bonne compagnie, c'est qu'il émanait de lui le sentiment rassurant que la vie était faite pour durer toujours : il suffisait de l'entretenir en répétant soigneusement, jour après jour, les mêmes gestes.

Toutefois, l'inévitable usure de l'âge lui créait certains inconvénients : marche ralentie, audition défaillante, vision à la baisse... Nul n'y faisant allusion, Edgard continuait à porter beau et à se laisser féliciter sur sa bonne mine et le fait qu'il avait toute sa tête.

Mais Emma avait parfois le cœur serré à le voir obligé de renoncer à certains de ses plaisirs, s'endormir devant la télé, trouver que les aliments manquaient de goût, y rajouter du sel et du sucre sans y avoir goûté, lire le journal avec une loupe de plus en plus grossissante, rester souvent immobile, comme en méditation, derrière son bureau.

Sans vouloir s'avouer que la fin approchait, elle se disait que le sous-lieutenant blessé en 1915, remobilisé en 1940, n'ayant pris sa retraite qu'à soixante-dix ans passés et en rechignant, menait avec panache son dernier combat. Mais elle parvenait à se convaincre qu'en faisant bien attention ils avaient encore du temps devant eux.

C'était vrai, mais ce ne pouvait qu'être court.

Un beau matin, Edgard n'eut pas envie de se lever, le médecin diagnostiqua un genre de bronchite, il avait un peu de fièvre, respirait mal. On le fit hospitaliser pour quelques jours, puis on le ramena chez lui, en apparence requinqué.

Toutefois, il ne pouvait plus monter l'escalier pour se rendre dans sa chambre. Emma lui fit installer un lit dans le salon du bas, convoqua une infirmière pour sa toilette. Dans la journée, de vieux amis, sa sœur Armande venaient bavarder avec lui.

Aucune amélioration ne se produisit et le médecin finit par s'avouer inquiet. Tout semblait se ralentir chez le vieil homme, sans qu'il parût en souffrir ni ne se plaignît. Le 31 décembre au soir, Emma parvint à lui faire avaler quelques bouchées de foie gras et une ou deux huîtres, ses plats préférés avec le gigot.

Quelques jours plus tard, il s'éteignit paisiblement, la main dans celle de sa fille.

La veille, probablement conscient de son état, il avait enjoint à Emma : « Téléphone à Sara, et dis-lui de venir. » La cadette répondit qu'elle n'en avait pas le temps. D'ailleurs, elle ne s'en faisait pas : Edgard se remettrait.

Apparemment, elle continuait de lui en vouloir d'avoir fait donation de sa maison à Emma, pas à elle ou à sa fille.

Son père partit sans l'avoir revue.

46

S i Sara avait tenu à régler seule tout ce qui concernait la disparition de Marianne, ne fût-ce que pour disposer à son gré de ce qui se trouvait chez elle, elle laissa à sa sœur le soin d'assumer celle de leur père.

Les pompes funèbres sont en général d'une grande aide, en l'occurrence, d'autant plus qu'Edgard avait fait connaître ses dispositions : il désirait un enterrement religieux, avec quelques officiels représentant les divers ordres auxquels il avait appartenu, dont la Légion d'honneur et les Anciens Combattants, avec messe à la cathédrale et enterrement dans le caveau familial où se trouvaient déjà son père et sa seconde épouse.

Edgard étant aimé et apprécié dans sa province, il y eut foule, dont certains membres de sa famille qui s'étaient déplacés. Sara débarqua avec Renaude le matin même de la cérémonie, et repartit dans l'après-midi.

Étourdie par son chagrin, obligée de faire face aux « mondanités » que représente l'accueil de personnes qu'on ne voit plus que rarement, Emma ne prit pas garde, sur l'instant, au manque d'émotion de sa sœur devant l'événement. Sara ne déposa qu'un minuscule bouquet près du cercueil et se plaignit ouvertement que le buffet organisé par sa sœur pour recevoir les membres de la famille après la cérémonie fût de si médiocre qualité.

Bien qu'elle n'attendît rien de particulier de sa sœur, Emma fut choquée par son comportement, mais décida de n'y plus penser.

Lorsqu'elle se retrouva seule, soutenue par la jeune employée de maison, tout aussi secouée qu'elle par la disparition d'Edgard, il lui fallut entreprendre de ranger ses affaires.

Après le décès d'un proche, qui ne connaît ces heures éprouvantes où il s'agit de savoir ce que l'on donne, jette, distribue, conserve des choses du défunt... D'autant plus qu'Edgard gardait tout, jusqu'à des vêtements ou des objets ayant appartenu à ses aïeux.

Sans se l'avouer, Emma aurait aimé être épaulée par sa sœur et ses nièces, s'émouvoir avec elles à la vue de ce qu'avait touché le disparu et qui était encore imprégné de sa présence, des objets intimes tels que son agenda, ses lunettes, ses chaussons... Mais ne lui venait de ce côté-là que de l'indifférence, voire une certaine colère à la savoir désormais « propriétaire ».

Le coup de grâce ne se fit pas attendre : n'ayant pas voulu signer la donation par-devant notaire, Sara, après le décès, se trouvait en droit d'exiger un nouvel inventaire.

Au jour dit, lorsqu'elle débarqua, le sourire grinçant, accompagnée de Renaude, plus glaciale encore qu'elle, et du notaire, ce fut un supplice pour Emma.

Ces dames se firent ouvrir toutes les armoires et jusqu'à des tiroirs dans lesquels Emma ne s'était pas permis de jeter un coup d'œil du vivant d'Edgard. Ni même après sa mort.

Avec quel dédain les deux femmes ricanaient devant des pièces de vêtements devenues importables : gilets, gants blancs, guêtres, des livres de comptes d'avant la guerre, des agendas et des talons de chèques de toutes les époques !

En revanche, c'est avec sérieux et une certaine avidité qu'elles inventorièrent l'argenterie. Moment comique : « Ce que vous comptez là, madame, dit le notaire, n'est pas en argent, mais en inox. Je crois que vous pouvez passer à autre chose, cela nous fera gagner du temps... » Il refusa du même ton cassant de faire déballer toutes les vieilles malles remplies de chiffons qui encombraient le grenier.

Quel soulagement, pour Emma, lorsque les deux femmes quittèrent enfin les lieux ! Une fois seule, elle eut le sentiment que l'âme de son père, qui s'était éloignée, réemménageait dans la vieille maison pour ne plus la quitter.

47

Il n'y avait pas que la maison de province, il y avait aussi l'appartement de Paris qu'Edgard louait depuis des décennies et qu'il fallait vider. Emma fut stupéfaite d'apprendre que Sara, sans en aviser sa sœur, et sans qu'on pût y voir la moindre nécessité, y avait fait apposer des scellés.

En fait, elle désirait procéder là aussi à un inventaire, obsédée qu'elle était par la crainte d'être ou d'avoir été volée. Sans doute aussi pour obtenir par ce biais la présence de sa sœur : même si la confrontation ne pouvait qu'être désagréable, au moins la contraignait-elle ainsi à se revoir, ce qu'Emma évitait désormais. Cela lui permettait de la harceler par des piques, des réflexions ironiques, le tout assorti de mensonges débridés.

Était-ce parce qu'elle prévoyait et redoutait la scène à venir ? Emma se réveilla ce matin-là fiévreuse et demanda à Claudia, une amie fidèle, de bien vouloir l'accompagner.

Le petit groupe se retrouva sur le palier : les deux sœurs, Claudia, plus un notaire et l'huissier chargé d'ôter les scellés.

Survint alors un incident que Claudia n'évoqua jamais sans être prise du même fou rire qui l'avait pliée en deux au moment des faits, alors qu'Emma, à moitié malade et interloquée, ne riait pas du tout, elle, cherchant à comprendre ce qui motivait les cris de sa sœur.

Car à peine la porte, délivrée de ses scellés, se trouva-t-elle ouverte, que Sara, avant même de pénétrer dans l'appartement, leva les bras au ciel en s'exclamant : « On nous a volés ! On nous a volés... Il faut appeler la police ! »

Du palier, elle ne pouvait encore rien voir, les autres personnes non plus, mais Sara savait à juste titre qu'il manquait effectivement des meubles : des sièges de qualité, et que le notaire allait s'en apercevoir en procédant à ce second inventaire qu'elle-même avait exigé.

Leur disparition s'expliquait : c'était elle qui les avait emportés, deux jours auparavant, avec l'aide d'un cousin, en passant par la porte de l'office ! Car si elle avait fait apposer les scellés sur la porte principale, elle s'était bien gardée de faire allusion à cette porte donnant sur la cuisine, restée libre et dont elle avait la clé.

Le notaire perçut-il la mauvaise foi de la plaignante ? Il se fâcha et déclara qu'il était là pour dresser un inventaire, non pour constater un vol, qu'il avait hâte d'accomplir son travail et que si cette dame tenait à appeler la police, elle pourrait le faire après son départ.

Sara ne pipa mot et l'inventaire, sinistre comme toutes les opérations de ce genre, se déroula avec célérité, bien qu'il manquât en effet des meubles, et c'est en se rendant dans la cuisine qu'Emma comprit ce qui s'était passé et comment sa sœur s'y était prise pour les subtiliser.

Sa consternation était grande : non qu'elle regrettât les sièges envolés, dont elle n'avait que faire et qu'elle aurait bien volontiers cédés à sa sœur si celle-ci les lui avait demandés, mais de la découvrir capable d'une telle escroquerie, aidée par un membre de sa propre famille.

Autre méfait : Sara avait fracturé une petite armoire qui se trouvait dans le couloir et dont elle n'avait pas trouvé la clé : elle ne contenait que des accessoires et produits de ménage, ce qui avait bien dû la décevoir, et elle la laissa à Emma, laquelle la rapatria dans la maison de province où elle la fit réparer.

Son cœur, lui, ne pouvait pas l'être.

Et quand Claudia, pour la faire rire, mimait le ton faussement horrifié qu'avait pris sa sœur pour s'écrier « Police ! Police ! », Emma avait plutôt envie de pleurer.

48

L'escamotage des sièges n'ayant pas eu de conséquences pour son auteur, Sara se sentit encouragée à persévérer : puisqu'elle avait acquis des biens en mentant effrontément, elle pouvait espérer en obtenir davantage encore en usant du même procédé.

Pour l'heure, elle profitait de l'héritage de leur mère conservé dans son appartement, qu'elle finissait, l'habitude aidant, à considérer intégralement comme sien. Emma pensa néanmoins que le temps était venu de réclamer la part de succession qui lui revenait, comme sa sœur l'avait formellement reconnu par le document en sa possession.

C'est alors que le délire de Sara prit toute son ampleur : convaincue que sa sœur n'avait ni le désir ni les moyens de l'attaquer, elle refusa catégoriquement d'obtempérer à sa demande.

Emma se souvint à nouveau de ce que lui avait dit Germaine, l'analyste : « Plus tu lui donneras, plus elle exigera, et rien ne la satisfera jamais, puisque c'est toi qu'elle veut ! C'est une maladie, et c'est ainsi qu'elle se manifeste : il lui faut tout... »

Emma décida de résister : épaulée par un avocat, elle obtint de faire intervenir un huissier. La scène, à laquelle elle n'assista pas, fut épique, Sara commençant par déclarer que rien de ce qui se trouvait chez elle n'appartenait à sa mère. « Même pas le lit ? » ironisa l'avocat qui devait rapporter plus tard l'échange de propos à Emma. Comme les représentants de la plaignante disposaient déjà de la liste des objets ayant appartenu à Marianne, dont la moitié revenait de droit à Emma, ils en firent le décompte, les firent saisir et entreposer dans un garde-meubles. Pour s'apercevoir qu'il manquait deux bronzes de très grande valeur. Questionnée, Sara déclara sans ciller qu'elle ignorait ce qu'ils étaient devenus...

Après enquête, il apparut qu'elle avait confié à Drouot la sculpture la plus importante représentant deux personnages enlacés. Sous-estimée, pour ne pas dire bradée, elle avait été vendue à perte. La preuve en était qu'elle était partie quelque temps plus tard pour New York et, de là, pour le Japon, en voyant multiplier chaque fois son prix.

Pour ce qui était du plus petit bronze, un personnage ailé, la coquine laissa entendre qu'on ne le retrouverait jamais.

Elle fut alors convoquée devant le tribunal correctionnel et condamnée aux motifs suivants : recel de succession et mensonge à huissier.

Déclarée victime par la justice, Emma aurait pu récupérer les biens qui lui revenaient, plus un dédommagement pour préjudices subis du fait de ces mensonges et de ces retards.

Elle hésita : que pouvait-elle faire de tous ces meubles et ces objets d'art qui n'étaient que des biens matériels ? À l'époque, ses propres tableaux se vendaient bien et elle préféra renoncer à ce qui lui était dû, en échange de ce qui lui tenait particulièrement à cœur en la rapprochant du souvenir de Marianne : la jouissance complète de la maison de Bretagne.

49

Que survienne un accident, une maladie, un décès, malgré soi on remonte le temps : ah, si on était sorti cinq minutes plus tôt ou plus tard ; si on avait pris une écharpe ou pas rendu visite à tel contagieux, pas bu, pas fumé, pris des précautions... le drame eût pu être évité !

« Si j'avais tout de suite contré les agissements de mon entêtée de sœur, se disait Emma, si j'avais cessé de la voir dès que nos voies ont divergé, ou, mieux encore, si elle n'était pas née... »

« Tu n'avais pas besoin de cette sœur-là ! » lui avait dit Germaine.

Mais, maintenant, il était trop tard !

« Il y a des situations, déclara jadis un homme politique – ce devait être au moment de la guerre d'Indochine, – où on ne peut plus commettre que des erreurs... »

En demandant l'usufruit de la maison bretonne, Emma commit sans doute une nouvelle erreur, car pour y parvenir, et afin que sa sœur en acceptât le principe, elle renonça aux avantages que pouvait lui procurer la condamnation de celle-ci en correctionnelle. De ce fait, le jugement ne fut pas inscrit au casier judiciaire de Sara, laquelle l'aurait pourtant amplement mérité...

La séance chez le notaire en vue de conclure l'accord d'usufruit fut une fois de plus épique : Sara se débrouilla pour venir entre deux trains et, au moment de signer l'acte, se précipita vers l'ascenseur sous prétexte qu'elle allait rater son TGV.

La connaissant mieux à présent, le notaire n'hésita pas à faire preuve d'autorité, la retint littéralement par la manche et la contraignit à parapher l'acte concédant l'usufruit à Emma. C'était une sorte de victoire car, pour une fois, Sara n'avait pas eu gain de cause. Après son départ grommelant et précipité, on sabla le champagne.

Dès ce jour, à la joie de ses amis, des voisins et en particulier d'Adèle, Emma put se sentir entièrement chez elle dans ce qui avait été la maison aimée de sa mère.

Elle entreprit aussitôt de la restaurer et de la moderniser tout en se répétant qu'elle n'en était en fait qu'à demi propriétaire. Mais l'est-on jamais de quoi que ce soit ? « Je ne suis que la gardienne des lieux », se disait-elle en achetant une cuisinière à bois, en convoquant l'élagueur, en discutant en fervente amitié avec le fermier qui louait ses prés pour son troupeau de vaches.

Que de moments exquis, que d'heures délicieuses sur la terrasse, au jardin, sur les chemins, dans la maison, qui valaient tous les renoncements aux biens dont Sara l'avait si allègrement dépossédée !

La paix du cœur n'a pas de prix, et Emma se réjouissait de pouvoir la partager avec la vieille Adèle, comblée de se sentir « chez elle » comme au beau temps de Marianne. Malgré ses rhumatismes, jamais elle n'avait été plus active.

C'est tout sourire qu'Adèle l'attendait sur le seuil de la maison qu'elle maintenait propre, fleurie, quand Emma y débarquait en compagnie du chien pour y passer l'été.

Années douces qui effacèrent en partie les malheurs anciens...

50

Les problèmes de succession réglés – fût-ce dans le mécontentement, comme c'est toujours le cas –, les deux sœurs auraient pu à nouveau se voir, peut-être même cohabiter si Sara, comblée de meubles et surtout d'argent – celui pris à sa mère, plus celui légué par son père –, avait été capable de s'en contenter.

Mais, sans qu'elle en eût conscience, ce n'était pas ce qu'elle désirait, la pauvre ! (Elle l'était, pauvre, en dépit de ses possessions…) Germaine, désormais disparue, avait prévenu Emma : « Ta sœur veut être toi… » Cela se manifestait de toutes les façons : Sara entreprit de se mettre à peindre, c'est-à-dire à barbouiller, et elle envoya le résultat à Emma avec des mots ironiques sur le succès qu'elle en escomptait et qui serait forcément supérieur à celui que connaissait sa sœur. Elle avait décrété que ce que faisait celle-ci ne valait rien et en avait conclu qu'Emma ne pouvait gagner sa vie avec ses toiles, donc qu'elle était entretenue. Par qui ? Déjà par leur père, tant qu'il était vivant. Et pour en avoir la preuve, elle réclama à la banque, ce qui lui coûta cher, les montants et les noms de tous les destinataires des chèques qu'avait faits Edgard dans les deux dernières années de sa vie. Emma n'y figurait pas : d'autant moins que c'était elle qui contribuait à certains frais que nécessitait la maison, afin de ne pas causer trop de débours à Edgard.

Changeant brutalement son fusil d'épaule, comme il était dans sa manière dès qu'elle se heurtait à la réalité, Sara déclara alors qu'Emma entretenait des jeunes gens, des gigolos, et se démena pour en convaincre le reste de la famille. Ce qu'en pensèrent les parents les moins proches ne se manifesta pas, mais Renaude et ses filles, travaillées au corps, s'éloignèrent davantage encore de leur tante et grand-tante. Comment ne pas faire confiance à une grand-mère qui les couvrait

de cadeaux, les emmenait à l'étranger, antici-
pait leurs désirs ?

Emma s'inquiétait parfois de la passivité
des petites, de leur manque de lucidité,
aucune d'elles ne cherchant à savoir ce qu'il
en était exactement d'Emma qu'elles ne
voyaient jamais et que leur grand-mère semblait trouver normal de vilipender.

Il doit y avoir chez les humains une propension naturelle à croire sans preuves le pire
sur autrui, sinon les délateurs et autres stig-
matiseurs n'auraient pas si facilement et si
durablement le champ libre... Admirer est
plus difficile que critiquer, car c'est accepter
qu'il y ait des personnes qui vous sont supé-
rieures. La plupart des gens préfèrent rapetis-
ser les autres pour se sentir eux-mêmes plus
grands.

Gavées de mensonges, se jugeant meil-
leures que leur grand-tante, les petites ne
bougèrent pas.

« S'il y en avait une, ne fût-ce qu'une seule
parmi elles trois, qui cherchait à me
connaître, à savoir qui je suis vraiment ! Je
lui fournirais des documents, des preuves, des
faits, et elle pourrait peut-être me justifier
auprès de ses propres sœurs... Il ne s'agit pas
de détruire leur amour pour leur grand-mère,

mais de leur faire comprendre qu'elle est victime d'une sorte de maladie mentale qui la pousse à des actes aussi odieux que condamnables. D'ailleurs déjà condamnés par la justice. »

Il lui arrivait de discourir toute seule, comme si elle préparait une plaidoirie pour défendre sa cause auprès de ses petites nièces. Mais aucune ne se manifesta. Elles semblaient engluées, comme dans ces régimes totalitaires où il y a danger de mort à mettre en doute la doctrine officielle. Emma se souvenait alors de son adolescence où, lisant Nietzsche, Bergson, elle avait fini par mettre en doute ce qu'on lui inculquait afin de reconstruire le monde selon ce qui était sa vérité à elle, en fait sa liberté de penser.

Cette liberté lui faisait reconnaître qu'elle aurait aimé, elle, la femme sans enfant, être entourée par ses nièces et leurs enfants, quand elles en auraient. Elle se serait occupée, avec elles, à préparer non seulement sa succession en leur léguant ses biens, en leur en attribuant certains par avance, comme ses bijoux, mais, surtout, elle aurait tenté de leur transmettre ce qu'elle avait vécu, ce qu'elle avait appris : l'histoire de leur famille, côté maternel et côté paternel, les archives, les photos...

Elle se disait aussi qu'elle aurait su les écouter, avide de découvrir, grâce à ces filles de son sang qui maintenant étaient grandes et devaient être belles, ce que pensait, voulait, désirait la nouvelle génération. Où se situait pour elles la réussite ? Comment elles envisageaient de vivre l'amour : en couple ou dans le célibat ?

Mais rien ne venait, aucun signe, aucun appel, uniquement les petits mots que lui envoyait Sara et qui étaient toujours insultants. « Tu perdras la tête, comme ta mère... » étaient parmi les plus doux.

C'était à tel point qu'en voyant l'écriture de sa sœur sur une enveloppe, il arrivait à Emma, tremblante d'émotion, de demander à un tiers de lire la missive à sa place, puis de lui communiquer ce qu'il pouvait être nécessaire qu'elle sache.

Comme elle ne répondait pas, ou rarement, Sara s'excitait. Il lui arriva même de lui écrire : « Je vais venir chercher au cimetière le cercueil de notre mère : tu ne le mérites pas ! »

L'entourage d'Emma riait de bon cœur à ces vilenies, mais pas Emma. Pourquoi sa sœur la traitait-elle ainsi ?

Sara continuait de gagner, puisqu'elle arrivait encore à la faire souffrir.

51

C'est dans la gare d'une petite ville à mi-chemin de leurs lieux de résidence respectifs qu'Emma finit par accepter un rendez-vous avec sa sœur. Cela faisait près de dix ans que les deux femmes ne s'étaient pas vues, et là-dessus elles étaient d'accord : ni l'une ni l'autre ne voulait faire à l'autre l'honneur de se rendre sur son territoire.

Emma supposait aussi que Sara ne devait pas tenir à ce que sa sœur découvrît chez elle tous les meubles qu'elle avait soutirés, pour ne pas dire volés, à l'héritage maternel aussi bien que paternel. Quoique ne possédant que ce que leur père lui avait légitimement légué, elle-même ne voulait pas prendre le risque d'attiser encore une fois la jalousie de sa sœur en lui laissant voir le parti qu'elle en avait tiré.

Que n'aurait-elle encore réclamé ! La dernière fois, dans la maison qu'elles possédaient en indivision, Sara, toujours dans la crainte d'être lésée, avait pointé du doigt un meuble qu'Emma avait apporté avec d'autres pour protester : « Celui-là était à Maman, je le veux, je l'emporte ! »

Il avait fallu qu'Emma excipe l'inventaire prouvant qu'il provenait de la succession de leur père, et donc qu'il lui revenait ! Dès lors, sous chaque meuble ou objet, elle avait pris la précaution de coller une étiquette pour en indiquer l'origine, éventuellement l'appartenance... Même si, en son for intérieur, elle pensait bien laisser tout ce qu'elle apportait ou achetait à l'indivision.

D'avoir perpétuellement à se justifier était pour elle un crève-cœur : elle aurait tant aimé que tout ce qui était à elle fût également à sa sœur, comme il en allait dans leur enfance, puis serait à ses petites-nièces, lesquelles lui devenaient de plus en plus inconnues, puisqu'elle ne les voyait plus, mais qui étaient malgré tout de son sang.

Pour aller à la rencontre de Sara, elle avait choisi une tenue sobre, quand même élégante : une petite veste en peau ornée de fourrure au col et au bas des manches, un pantalon de lainage chiné, un chandail gris à col roulé, et pour marcher à l'aise des baskets, d'un modèle joliment fantaisie. Plus son sac Chanel qui avait fait bien des guerres et ne s'en portait que mieux !

Lorsqu'elle pénétra dans le hall de la petite gare, n'ayant vu personne alentour, elle chercha des yeux une silhouette qui pouvait être celle de Sara, et n'en vit point. Il lui fallut un moment pour admettre que la femme en cheveux, tassée sur un banc, sous les panneaux indiquant les arrivées et les départs, lunettes cerclées de fer sur le nez et lisant un journal local, devait être elle : sa sœur !

Sa richissime sœur déguisée en pauvresse ! Lui revint à l'esprit la stupeur de l'un des nombreux avocats avec lesquels Sara s'était successivement brouillée, les considérant comme des incapables, puisque refusant de transgresser la loi à son profit. Celui-là, quand il avait eu accès à ses comptes, voyant comme sa cliente était vêtue, avec un sac plus qu'élimé, et des semelles trouées, l'avait jugée dans le besoin. Ce qu'elle tentait de faire accroire !

Selon son habitude, Sara commença par faire mine de ne pas l'apercevoir – c'était sa façon à elle de prendre le dessus sur la personne avec laquelle elle avait rendez-vous, qui se voyait alors obligée de faire les premiers pas. Emma étant venue s'immobiliser devant elle, elle finit par quitter des yeux sa lecture et ouvrit tout rond la bouche, comme ébahie. Puis elle murmura un salut mal articulé, se leva et tendit une joue à embrasser à Emma.

C'était une autre des manies de Sara : elle-même n'embrassait pas, elle se laissait effleurer une joue, jamais deux.

Une fois de plus, Emma s'étonna de lui trouver la peau épaisse, ce qui avait peut-être l'avantage de retarder l'apparition des rides ; quant aux racines blanches de deux centimètres sous la teinture capillaire, elles lui étaient habituelles. Ce qui provoqua chez l'aînée une légère irritation : que cherchait sa sœur en se laissant aller de la sorte ? À faire savoir qu'elle n'était pas une « pute », comme Emma, et se fichait bien de plaire ? Ou à laisser entendre non pas qu'elle était sans le sou, ce qui désormais ne convainquait plus personne, mais qu'elle économisait centime par centime pour ses chères petites, sa « nichée », comme elle disait ?

Ce qu'Emma, pour sa part, n'était pas capable de faire, se persuadait-elle, d'un côté parce que cette égoïste n'avait ni enfants ni petits-enfants (à croire qu'elle s'en était abstenue exprès pour pouvoir mieux jouir d'une vie dissolue), de l'autre parce qu'il lui fallait avoir de quoi entretenir ses gigolos qu'en vieillissant, et en dépit de ses liftings et de son luxe vestimentaire, elle ne pouvait d'après elle se procurer qu'en payant !

En dilapidant ce « fric » qui lui venait de sa mère et de son père, et qu'elle aurait déjà dû donner à sa nièce et à ses petites-nièces, si elle avait eu du cœur et quelque bon sens...

Ces sous-entendus muets, désobligeants, voire injurieux à son égard, Emma les percevait parfaitement. Blessée, c'était le but, mais aussi déçue, elle se demanda si la réciproque était vraie : Sara devinait-elle combien sa sœur souhaitait leur réconciliation, au point qu'elle se tenait prête à passer l'éponge sur vols et méfaits ?

Mais aucun changement n'avait lieu du côté de Sara, elle était toujours aussi braquée contre son aînée. C'était visible rien qu'à la façon dont elle se leva lentement après avoir replié son journal, qu'elle glissa dans son cabas en détournant le regard pour éviter de poser les yeux sur sa sœur.

Sara semblait disposée à lui sauter dessus au moindre prétexte.

Emma eut envie de partir sur-le-champ. De remonter dans sa voiture garée sur le parking : une Mercedes de bon aloi, alors que Sara devait rouler dans une « poubelle », comme elle en avait l'habitude : un véhicule d'occasion sentant le tabac, jonché de mégots, de vieux papiers, de mouchoirs sales et d'objets parmi les plus hétéroclites.

Quelque chose l'en retint : ce vieux, très ancien sentiment que, malgré tout, Sara était sa petite sœur, et qu'elle l'aimait. L'aimerait toujours.

« Veux-tu que nous allions prendre quelque chose ? J'ai vu un salon de thé, pas loin...

– Je ne bois pas de thé ! marmonna Sara, les dents serrées.

– Tu prendras ce que tu voudras. On sera quand même mieux pour parler. »

Une lueur s'alluma dans l'œil de Sara : si elle ne connaissait pas l'art de dire le vrai, elle savait laisser l'adversaire se découvrir, et, dès qu'elle le sentait à nu, suffisamment vulnérable, elle déchaînait ses pointes et ses coups jusqu'à l'estocade.

Dans ces duels inégaux elle puisait le plus vif de son plaisir de vivre !

Emma avait plus d'une fois fait les frais d'une telle manœuvre. Mais, bien qu'avertie, et comme dans le domaine du cœur l'expérience ne sert pas, elle ne refusa pas de s'exposer à nouveau.

Pour aboutir, c'était prévisible, au même désastre.

« Rends-moi ce que tu m'as volé ! » finit par lui jeter Sara, au moment même où elles se séparaient.

Il n'y avait plus rien à dire. Ni à faire.

52

Dès lors, les vies des deux femmes, qui avaient cessé de s'appeler et de se rencontrer, divergèrent peu à peu, jusqu'à différer complètement. Les rapprochait cependant encore un trait qui, l'âge venant, est commun à tous : le temps leur semblait passer de plus en plus vite.

À l'inverse de sa sœur, laquelle avait pris sa retraite de chercheuse, Emma travaillait avec d'autant plus d'ardeur qu'elle s'était acquis une place éminente dans les milieux de l'art. C'est le privilège des artistes : pas de fin de carrière, pour eux, tant qu'ils sont en état de produire.

Pour sa part, Sara s'était retirée dans l'Orne. Elle avait mis son appartement en location – celui qu'elle prétendait ne pas pouvoir quitter, tant il était imprégné du souvenir de sa mère – et s'occupait en province de nombreuses associations. En fait, si Sara s'activait tant, c'est qu'elle ne supportait pas de ne plus avoir de nouvelles de sa sœur. Ne pouvant y renoncer, elle cherchait à en obtenir en recourant à sa méthode habituelle : en lui envoyant des piques en tout genre.

La photo d'Emma ayant paru dans un grand magazine, Sara ne trouva rien de mieux que de lui faire parvenir un mot qui se voulait compatissant : « S'il te plaît, préviens-moi quand une photo de toi est publiée dans un journal, pour que je ne l'achète pas : cela me fait vraiment trop de peine de voir ce que tu deviens... »

Quoique risibles, ces coups d'épingle portaient, car Emma continuait à ne pas comprendre pourquoi sa sœur, désormais nantie, pourvue d'une belle descendance, avait autant besoin de chercher à la rabaisser.

Comme elle ne répondait jamais à ses perfidies, Sara entreprit l'escalade : elle se décida à porter le seul coup qui était encore à sa portée. Il concernait le coffre-fort qu'elles avaient loué ensemble, du vivant de leur mère, dans une grande banque. Il contenait de l'argenterie, des bijoux, des pièces et des boîtes en or... Le tout avait été évalué en présence d'un notaire, et comme chacune possédait une copie du document et qu'elles l'avaient toutes deux signé, Emma s'imaginait qu'il fallait leurs deux signatures et leur double présence pour l'ouvrir. Toutefois, il n'y avait qu'une clé pour le coffre, laquelle lui avait été confiée par la banque. Dans l'un de ces moments de tendresse qui lui avaient déjà tant coûté, Emma l'avait donnée un jour à Sara : « Tiens, garde-la, nous irons vider le coffre ensemble... »

Plusieurs fois, au cours des années qui suivirent, elle avait invité Sara à l'accompagner à la banque pour retirer enfin le contenu du coffre, ne fût-ce que pour ne plus payer le prix de sa location. Chaque fois, Sara avait trouvé une bonne raison pour ne pas venir : elle avait des problèmes avec l'une de ses petites-filles, elle s'était cassé le bras, elle n'était libre que le samedi, jour de fermeture des banques...

Le temps passa. Un beau jour Emma, voulant se renseigner sur ce qu'il en était de ce coffre, avait appelé la banque : pour apprendre que sa sœur était passée quelques mois plus tôt et l'avait entièrement vidé.

Quand il s'agit de comptes joints – qu'on se le dise ! –, le premier à se présenter a le droit de tout emporter ! En cas de divorce ou de dissension, on ne s'en prive pas !

Pour Emma, le coup fut fatal : sa sœur venait sciemment, effrontément, malignement de la voler, une fois de plus ! Alors même qu'elle détenait des documents signés de la main de Sara, aux termes desquels celle-ci lui attribuait l'entier contenu du coffre... À l'époque, Emma avait pensé que sa sœur tentait ainsi de se disculper pour s'être adjugé la plus grande part de l'héritage de leur mère. Sur l'instant, elle en avait été touchée et imaginait avec émotion le moment où, ouvrant le coffre ensemble, elle aurait inventorié ces quelques biens qui les émouvaient comme autant de souvenirs, pour finalement en faire don aux petites...

Comme elle avait été bête, combien sa confiance en l'amour sororal avait été excessive !

Lui revint à l'esprit l'injonction de Germaine : « Tu n'as qu'une chose à faire face à ta sœur : la fuir... »

Il fallut l'ignominie de cette affaire de coffre pour qu'Emma reconnaisse le bien-fondé de ce jugement : sa sœur était incorrigible, et même dangereuse. Cette fois, sa décision était prise et son attitude irréversible : quoi que Sara entreprenne à l'avenir, elle ne la reverrait jamais.

Pis encore : elle ne l'aimait plus.

53

Chaque fin d'hiver, Emma, l'âge venu, louait une maison au bord de l'Atlantique afin d'y guetter l'arrivée du printemps – encore un pour elle ! – qu'annonçaient primevères et mimosas... Grande était sa joie de pouvoir contempler la mer à toute heure, se promener le long de plages encore désertes à cette époque, ramasser les coquillages rejetés par les marées et dont elle faisait collection.

Surtout, elle avait à cœur de peindre ces criques et ces baies bordées de pins en songeant avec humilité aux toiles des grands artistes qui l'avaient précédée dans la représentation de la mer : Boudin pour la Manche, Matisse et Braque pour la Méditerranée...

Chaque année, elle variait sa destination, tout en demeurant sur l'Atlantique ; une année ce fut Bréhat, une autre Ré, puis Arcachon...

Parfois, un ou une amie l'accompagnait, mais il lui arrivait aussi, comme cette année-là, d'être seule. Attirée par la disposition de cette petite station balnéaire en avancée sur l'océan, elle avait choisi La Faute-sur-Mer. Une agence immobilière lui proposa une location qui lui convint : une petite maison d'un étage située non loin du Lay, le fleuve qui borde La Faute avant de se jeter dans la mer.

D'emblée, tout l'enchanta : la douceur du climat vendéen, l'immensité des plages, la presqu'île de sable sur laquelle était bâtie La Faute et qui donnait le sentiment de se trouver en pleine mer, ou presque...

Pour jouir plus pleinement de sa solitude, elle n'avait pas fait brancher le téléphone et n'ouvrait que rarement son portable. Aussi, ce jour-là, lorsqu'on sonna à la barrière du jardinet qui entourait la maison, crut-elle d'abord à une erreur, ou alors au facteur venu distribuer le courrier qu'elle se faisait suivre.

Soulevant un coin de rideau, elle aperçut une silhouette de femme qui, au premier abord, ne lui dit rien. Il fallut que la personne lève la tête et agite la main dans sa direction pour qu'elle la reconnaisse : c'était Sara.

Encore ! Que lui voulait à présent cet oiseau de mauvais augure ?... Emma faillit ne pas répondre à l'appel, se terrer... Mais ce n'était pas dans son tempérament et elle préféra affronter l'intruse, ce qui lui apparut comme la meilleure façon de s'en débarrasser.

Qu'elle lâche son fiel et s'en aille à tout jamais !

54

« Que me veux-tu ?
— Rien de spécial, mais comme je passais par là...

— C'est bien toi : il faut toujours que tu mentes ! Pour venir jusqu'ici sonner à ma porte, c'est que tu avais mon adresse ! Comment l'as-tu obtenue ? Tu as téléphoné chez moi, tu es tombée sur la femme de ménage et tu la lui as extorquée ? Ou alors tu l'as quémandée à mon concierge...

— C'est ta faute, aussi !

— Quoi qu'il se passe, pour toi c'est toujours ma faute !

— Tu ne réponds pas à mes lettres, tu me raccroches au nez si je t'appelle...

– Il serait peut-être temps que tu en tires comme conclusion que je ne veux plus avoir affaire à toi.

– Écoute, Emma, nous vieillissons, le temps passe, bientôt ce sera la fin...

– Merci pour la nouvelle : je la connais !

– Il serait peut-être temps d'oublier...

– En dépit de mon âge que tu as l'amabilité de venir me rappeler à domicile, je ne perds pas la mémoire : je n'oublie rien de ce que tu m'as pris ni de ce que tu m'as fait.

– Dis-moi comment je peux réparer... Je peux te rendre le diamant de Maman, si tu veux, et aussi le petit bronze, avec les fauteuils de Papa et le grand paravent... »

Emma se mit à rire. « Trop tard, ma chère, je n'ai plus rien à faire de tout ce bataclan... Les objets ne m'intéressent plus. Je me suis débarrassée des miens, j'ai besoin d'espace et de vide autour de moi... Je vis mieux ainsi.

– Raison de plus pour qu'on se retrouve !

– Qu'on retrouve quoi ? Tu m'as écrit : "On se déteste, on ne s'est jamais aimées..."

– Je ne le pensais pas.

– En attendant, cela m'a fait du mal : j'en ai conclu que tu étais mauvaise pour moi, et j'en suis arrivée à penser que moi aussi, j'étais nuisible pour toi... À quoi bon nous empoisonner mutuellement la vie ?

– C'est que tu me manques...

– Tu réclames ton souffre-douleur ? Merci bien ! Va-t'en retrouver ta fille et tes petites-filles.

– C'est qu'il y a des choses que je ne peux pas partager avec elles : notre passé, nos souvenirs... Parler de Maman... Elles ne l'ont connue que malade...

– C'est maintenant que tu prends conscience de tout ce que tu as perdu en me repoussant, en me volant, en me calomniant ? »

C'est avec calme qu'Emma débita à sa sœur ce qui pouvait apparaître comme des reproches, et elle s'en étonna : elle ne se sentait pas en colère, elle ne lui en voulait plus de rien, elle désirait seulement qu'elle s'en aille...

Mais Sara n'était pas du genre à renoncer. Puisqu'elle ne parvenait pas à se faire admettre par la conciliation, elle allait tenter autre chose : le malaise...

Elle se leva, prit son sac feignant d'obtempérer à l'injonction de sa sœur, puis vacilla et retomba sur son siège, comme évanouie.

Que faire ?

55

S ara ne semblant plus tenir sur ses jambes, Emma comprit qu'elle n'avait d'autre issue, le soir tombant, qu'héberger sa sœur pour la nuit.

Elle avait proposé d'appeler un médecin, éventuellement le Samu, sur quoi Sara avait recouvré assez de forces pour protester : « Non, non, surtout pas ! Je sais ce que j'ai, c'est une chute de tension, cela m'arrive parfois quand je suis fatiguée. Une nuit de repos et il n'y paraîtra plus... Ne te dérange pas, je vais dormir là, sur le canapé... Je partirai au matin. »

Elle s'était étendue sur le divan et Emma n'eut plus qu'à la recouvrir d'une couverture en mohair. Puis elle monta à l'étage faire sa toilette et se coucher. Le sommeil ne vint pas : défilaient les images de ces dernières heures, l'arrivée inopportune de Sara, ce qu'elles s'étaient dit, qui n'avait abouti à rien ; sous des mots qui se voulaient suaves, feutrés, c'était toujours, chez la cadette, la même volonté de prendre le pouvoir sur son aînée. « Elle voudrait être toi... » La phrase de Germaine revenait sans cesse aux oreilles d'Emma. Par le passé, elle en avait été émue : n'était-ce pas une forme d'amour que ce désir de fusion ? Mais quand pareil amour n'aboutit qu'à des actes destructeurs, il est à repousser. Emma n'en voulait plus.

Demain, elle raccompagnerait Sara à la gare et la prierait instamment de ne pas revenir : elle ne voulait plus rien avoir à faire avec elle.

Mais comment l'obliger à respecter sa volonté ?

S'il s'était agi d'une personne étrangère ou d'un ex-époux, elle aurait pu faire appel à la police, invoquer le grief de harcèlement afin d'obtenir qu'on interdise à sa sœur de l'approcher... Mais, en famille, tant que rien de sanglant ne s'est produit, les autorités rechignent à intervenir... Bien ou mal, débrouillez-vous tout seuls ! Peut-être devrait-elle prendre un gros chien qui pourrait faire barrage.

C'est à ce moment que les dieux entrèrent en courroux...

Pleine de ces pensées déprimantes, Emma gardait les yeux ouverts dans l'obscurité lorsqu'une lueur provenant du couloir l'avertit que Sara montait à l'étage. Sans frapper, sa sœur ouvrit violemment la porte : « Il y a de l'eau dans la maison ! »

Qu'est-ce que cette peste allait encore inventer pour la persécuter ?

Mais un énorme fracas la prévint qu'une catastrophe était bel et bien en marche : les portes et fenêtres du rez-de-chaussée venaient de voler en éclats sous la poussée de l'eau. L'énorme vague provoquée par la tempête qu'on allait surnommer Xynthia commençait à tout submerger.

En quelques instants, l'eau envahit l'étage et les deux femmes, qui jusque-là surnageaient, se retrouvèrent coincées contre le plafond. Les forces leur firent défaut pour ouvrir le Velux, et eussent-elles eu celles d'arracher des tuiles qu'elles n'auraient pu se hisser sur le toit, comme d'autres, pour y attendre les sauveteurs...

Emma le comprit : c'était la fin. Quant à Sara, elle en profita pour agripper fortement la main de sa sœur comme lorsqu'elles étaient petites. Mais, cette fois, ce serait définitif : la vie ne les séparerait plus.

En quelque sorte, Sara avait encore gagné.

Quand on les découvrit, il fallut commencer par détacher leurs mains demeurées comme soudées.

Il n'y eut qu'une inhumation dans un même caveau, qu'un unique faire-part, un seul deuil : le drame avait reconstitué le jumelage.

Peut-être aussi l'amour.

DU MÊME AUTEUR

Un été sans histoire, roman, Mercure de France, 1973 ;
Folio, 958.

Je m'amuse et je t'aime, roman, Gallimard, 1976.

Grands cris dans la nuit du couple, roman, Gallimard,
1976 ; Folio, 1359.

La Jalousie, essai, Fayard, 1977 ; rééd., 1994.

Une femme en exil, récit, Grasset, 1979.

Un homme infidèle, roman, Grasset, 1980 ; Le Livre de
Poche, 5773.

Envoyez la petite musique..., essai, Grasset, 1984 ; Le
Livre de Poche, « Biblio/essais », 4079.

Un flingue sous les roses, théâtre, Gallimard, 1985.

La Maison de jade, roman, Grasset, 1986 ; Le Livre de
Poche, 6441.

Adieu l'amour, roman, Fayard, 1987 ; Le Livre de
Poche, 6523.

Une saison de feuilles, roman, Fayard, 1988 ; Le Livre
de Poche, 6663.

Douleur d'août, Grasset, 1988 ; Le Livre de Poche,
6792.

Quelques pas sur la terre, théâtre, Gallimard, 1989.

La Chair de la robe, essai, Fayard, 1989 ; Le Livre de
Poche, 6901.

Si aimée, si seule, roman, Fayard, 1990 ; Le Livre de
Poche, 6999.

Le Retour du bonheur, essai, Fayard, 1990 ; Le Livre
de Poche, 4353.

L'Ami chien, récit, Acropole, 1990 ; Le Livre de Poche,
14913.

On attend les enfants, roman, Fayard, 1991 ; Le Livre
de Poche, 9746.

Mère et filles, roman, Fayard, 1992 ; Le Livre de Poche, 9760.

La Femme abandonnée, roman, Fayard, 1992 ; Le Livre de Poche, 13767.

Suzanne et la province, roman, Fayard, 1993 ; Le Livre de Poche, 13624.

Oser écrire, essai, Fayard, 1993.

L'Inondation, récit, Fixot, 1994 ; Le Livre de Poche, 14061.

Ce que m'a appris Françoise Dolto, Fayard, 1994 ; Le Livre de Poche, 14381.

L'Inventaire, roman, Fayard, 1994 ; Le Livre de Poche, 14008.

Une femme heureuse, roman, Fayard, 1995 ; Le Livre de Poche, 14021.

Une soudaine solitude, essai, Fayard, 1995 ; Le Livre de Poche, 14151.

Le Foulard bleu, roman, Fayard, 1996 ; Le Livre de Poche, 14260.

Paroles d'amoureuse, poésie, Fayard, 1996.

Reviens, Simone, suspense, Stock, 1996 ; Le Livre de Poche, 14464.

La Femme en moi, essai, Fayard, 1996 ; Le Livre de Poche, 14507.

Les Amoureux, roman, Fayard, 1997 ; Le Livre de Poche, 14588.

Les amis sont de passage, essai, Fayard, 1997 ; Le Livre de Poche, 14751.

Un bouquet de violettes, suspense, Stock, 1997 ; Le Livre de Poche, 14563.

La Maîtresse de mon mari, roman, Fayard, 1997 ; Le Livre de Poche, 14733.

Un été sans toi, récit, Fayard, 1997 ; Le Livre de Poche, 14670.

Ils l'ont tuée, récit, Stock, 1997 ; Le Livre de Poche, 14488.

Meurtre en thalasso, suspense, Stock, 1998 ; Le Livre de Poche, 14966.

Défense d'aimer, Fayard, 1998 ; Le Livre de Poche, 14814.

Les Plus Belles Lettres d'amour, Albin Michel, 1998.

Théâtre I, En scène pour l'entracte, Fayard, 1998.

Théâtre II, Combien de femmes pour faire un homme ?, Fayard, 1998.

La Mieux Aimée, roman, Fayard, 1998 ; Le Livre de Poche, 14961.

Cet homme est marié, roman, Fayard, 1998 ; Le Livre de Poche, 14870.

Les plus belles lettres d'amour, anthologie, Albin Michel, 1998.

Si je vous dis le mot passion..., entretiens, Fayard, 1999.

Trous de mémoire, essai, Fayard, 1999 ; Le Livre de Poche, 15176.

L'Indivision, roman, Fayard, 1999 ; Le Livre de Poche, 15039.

L'Embellisseur, roman, Fayard, 1999 ; Le Livre de Poche, 14984.

Divine Passion, poésie, Fayard, 2000.

J'ai toujours raison, nouvelles, Fayard, 2000 ; Le Livre de Poche, 15306.

Jeu de femme, roman, Fayard, 2000 ; Le Livre de Poche, 15331.

Dans la tempête, roman, Fayard, 2000 ; Le Livre de Poche, 15231.

Nos jours heureux, roman, Fayard, 2000 ; Le Livre de Poche, 15368.

La Maison, récit, Fayard, 2001.

La Femme sans, roman, Fayard, 2001 ; Le Livre de Poche, 15486.

Les Chiffons du rêve, nouvelles, Fayard, 2001 ; Le Livre de Poche, 15553.

Deux femmes en vue, roman, Fayard, 2001 ; Le Livre de Poche, 15421.

L'amour n'a pas de saison, Fayard, 2002 ; Le Livre de Poche, 30120.

Nos enfants si gâtés, roman, Fayard, 2002 ; Le Livre de Poche, 30221.

Callas l'extrême, biographie, Michel Lafon, 2002.

Conversations impudiques, essai, Pauvert, 2002 ; Le Livre de Poche, 30028.

Dans mon jardin, récit, Fayard, 2003.

La Ronde des âges, roman, Fayard, 2003 ; Le Livre de Poche, 30309.

Mes éphémères, Fayard, 2003.

L'Homme de ma vie, Fayard, 2004 ; Le Livre de Poche, 30504.

Noces avec la vie, Fayard, 2004 ; Le Livre de Poche, 30615.

Un oncle à héritage, Fayard, 2005 ; Le Livre de Poche, 30709.

Les Roses de Bagatelle, Fayard, 2005 ; Le Livre de Poche, 30776.

Le Certain Âge, roman, Fayard, 2005 ; Le Livre de Poche, 30858.

Le Charme des liaisons, roman, Fayard, 2006.

Journal d'hier et d'aujourd'hui, t. I, Fayard, 2006.

Affaires de cœur, roman, Fayard, 2006 ; Le Livre de Poche, 31126.

Un amour pour trois, roman, Fayard, 2006 ; Le Livre de Poche, 31126.

L'Exclusion, Fayard, 2006.

La Femme à l'écharpe, roman, Fayard, 2007 ; Le Livre de Poche, 31363.

Apprendre à aimer, conversations avec Serge Leclaire, Fayard, 2007.

Il vint m'ouvrir la porte, roman, Fayard, 2007 ; Le Livre de Poche, 31664.

Journal d'hier et d'aujourd'hui, t. II, Fayard, 2008.

C'est tout un roman !, roman, Fayard, 2008 ; Le Livre de Poche, 31565.

Une balle près du cœur, roman, Fayard, 2008 ; Le Livre de Poche, 31940.

Méfiez-vous des jeunes filles !, roman, Fayard, 2008.

Le Bonheur dans le mariage, roman, Fayard, 2009.

Journal d'hier et d'aujourd'hui, t. III, Fayard, 2009.

Paroles d'écriture, préfaces et textes inédits, Bordessoules, 2009.

À qui tu penses quand tu me fais l'amour ?, Fayard, 2010.

Madeleine Vionnet, ma mère et moi, récit, Michel Lafon, 2010 ; Le Livre de Poche, 48533.

La Mort rôde, récit, Fayard, 2011.

Cet ouvrage a été imprimé en France par
CPI Bussière
à Saint-Amand-Montrond (Cher)
en mai 2011

Photocomposition Nord Compo
Villeneuve-d'Ascq

Pour l'éditeur, le principe est d'utiliser des papiers composés de fibres naturelles, renouvelables, recyclables et fabriquées à partir de bois issu de forêts qui adopten un système d'aménagement durable.
En outre, l'éditeur attend de ses fournisseurs de papier qu'ils s'inscrivent dans une démarche de certification environnementale reconnue.

35-33-2195-2/02

Dépôt légal : mai 2011.
N° d'impression : 111463/4.

R.C.L.

SEP. 2011

G